Trahie par son fiancé

CHANTELLE SHAW

Trahie par son fiancé

Traduction française de
BARNABÉ D'ALBES

AZUR

HARLEQUIN

Collection : Azur

Titre original :
THE GREEK WEDDING SHE NEVER HAD

HARPERCOLLINS FRANCE
83-85, boulevard Vincent-Auriol, 75646 PARIS CEDEX 13
Service Lectrices — Tél. : 01 45 82 47 47 - www.harlequin.fr
ISBN 978-2-2804-6772-8 — ISSN 0993-4448

Composé et édité par HarperCollins France.
Imprimé en mars 2022 par CPI Black Print (Barcelone)
en utilisant 100% d'électricité renouvelable.
Dépôt légal : avril 2022.

MIXTE
Papier issu de sources responsables
FSC® C159065

Pour limiter l'empreinte environnementale de ses livres, HarperCollins France s'engage à n'utiliser que du papier fabriqué à partir de bois provenant de forêts gérées durablement et de manière responsable.

1.

Par la fenêtre de la chambre d'hôtel, un rayon de soleil couchant fit étinceler le diamant au doigt d'Eleanor. Sur son anneau de platine, la pierre, taillée en carré, projetait une lumière si pure et si puissante que la jeune femme étendit la main pour l'admirer. Un peu plus tôt dans la journée, elle avait étouffé une exclamation de stupeur à l'instant où Jace avait ouvert l'écrin de velours, lui révélant la bague de fiançailles.

Ils se promenaient en bord de Seine, à Paris. Brusquement, il s'était immobilisé pour se tourner vers elle et lui demander :

« Me feras-tu l'honneur de devenir ma femme, *poulaki mou* ? »

Durant une seconde, Eleanor était restée sans voix. Tellement sidérée qu'elle doutait d'avoir bien compris. Rêvait-elle, ou bien Jace Zagorakis, nabab plus beau qu'un dieu de l'Olympe, venait-il de lui demander sa main, à *elle*, l'ordinaire, la transparente Eleanor Buchanan ? Ces choses-là n'arrivaient que dans les contes de fées !

« Tu… Tu veux m'épouser ? Vraiment ? »

« Absolument. »

Le sourire ravageur de Jace avait fait bondir son cœur jusqu'au septième ciel.

« Dans ce cas… Oui ! », avait-elle joyeusement répliqué, le regardant passer le joyau à son annulaire.

Comme il l'attirait tendrement dans ses bras, elle avait murmuré :

« Oh ! Jace, je t'aime tant ! Oui, je veux devenir ta femme ! »

« Parfait », avait-il soufflé avant de presser ses lèvres contre les siennes et de l'enivrer d'un baiser passionné.

Puis il avait ajouté :

« J'aimerais mieux un mariage intime célébré le plus tôt possible. Aucune raison d'attendre... je brûle d'impatience de t'admirer en robe blanche. »

Durant tout le reste de l'après-midi, tandis qu'ils traversaient les jardins des Tuileries, puis les ruelles menant à leur palace, Eleanor s'était sentie flotter sur un petit nuage.

À leur retour, elle s'était rendue directement dans sa chambre pour se changer avant le dîner. Fin prête, elle sortit, fit quelques pas dans le couloir et glissa la carte magnétique dans la porte de la luxueuse suite où l'attendait son fiancé...

Non, elle ne rêvait pas. Son fiancé !

Son cœur battait la chamade lorsqu'elle pénétra dans le hall du superbe appartement avec vue imprenable sur la tour Eiffel. Le silence régnait, et elle ne trouva nulle trace de son compagnon. Eh bien il devait s'habiller ou prendre une douche ? À peine eut-elle formé cette pensée qu'une image érotique s'imposa à son esprit. Ses joues s'enflammèrent. Ce soir serait *le grand soir*. Leur première nuit. Oh ! naturellement, ils n'en avaient pas parlé, et Jace avait même eu l'élégance de lui réserver sa propre chambre, en plus de cette suite. Mais les mots étaient inutiles : cette escapade à Paris, rien que tous les deux... Eleanor eut l'impression que la température de son corps venait encore de monter d'un degré.

Fermant les yeux, elle revit la peau lisse, le teint de bronze et la musculature parfaite de l'homme en short de bain qui, deux mois auparavant, faisait comme elle le tour des îles égéennes en bateau…

Lors de la croisière, Eleanor avait éprouvé une violente attirance pour lui et, au fil des semaines, comme il enchaînait les allers et retours depuis son domicile à Thessalonique jusque chez elle, en Angleterre, elle était tombée éperdument amoureuse de lui. Phénomène incroyable : Jace semblait éprouver les mêmes sentiments !

Dans le grand salon, elle s'aperçut que la table était dressée pour un dîner intime. Une bouteille de champagne reposait dans son seau à glace et un ravissant bouquet de roses rouges trônait au centre, entre les verres en cristal. Eleanor se pencha et savoura le parfum délicat des fleurs de l'amour… Toutes ces attentions la bouleversaient.

Elle posa la boîte de pâtisseries grecques sur la table. Elle les avait commandées, sachant que c'étaient les favorites de Jace. Eleanor visitait Paris pour la première fois de sa vie et à leur arrivée, au matin, avant de partir sillonner la capitale, le jeune homme l'avait emmenée dans un bar grec où ils avaient dégusté un café serré accompagné de gâteaux au miel. Non sans amusement, elle s'apercevait que Jace Zagorakis, milliardaire ultra-sophistiqué – et, décidément, très énigmatique – avait une faiblesse pour le sucre. Il lui restait encore tant de choses à découvrir à propos de son futur mari ! Nul doute que son grand-père lui aurait déconseillé de se marier aussi vite, dans l'éblouissement d'une romance aussi impromptue qu'étourdissante… Mais Kostas était mort six mois auparavant et, même s'il lui manquait beaucoup, Eleanor éprouvait un sentiment de liberté inédit, quelque chose qu'elle n'avait pas connu du temps où Pappoús régnait en chef de famille. Une famille au demeurant réduite : il ne lui restait que son frère et sa sœur, qui lui en voulaient depuis que le vieil homme lui avait légué l'entière propriété de son groupe hôtelier, Gilpin Leisure.

Avec un soupir, Eleanor chassa de son esprit les contrariétés de la vie courante. Cette journée était à marquer d'une pierre blanche. Peut-être s'en souviendrait-elle plus tard comme du plus beau jour de sa vie ! Et de la plus belle nuit. Gagnée par une bouffée d'ivresse, elle se laissa un instant hypnotiser par la vue magique sur les monuments parisiens avant de faire le tour de la grande pièce, admirant les lignes pures du mobilier contemporain. Elle jeta un coup d'œil dans l'entrebâillement de la chambre principale où trônait un lit immense, luxueux. Un frisson d'impatience la parcourut. Ce serait sa première expérience et, pourtant, elle n'éprouvait guère d'appréhension – seulement la crainte de décevoir Jace qui ignorait qu'elle était vierge.

Les deux mois passés avaient peu à peu éveillé, puis enflammé, le désir en elle. Chaque fois qu'il l'embrassait, son corps tout entier s'électrisait. Loin de la brusquer, sans jamais précipiter les choses, il avait réussi à faire d'elle une braise ardente : elle ne songeait plus qu'à se donner à lui, à lui prouver charnellement son amour.

Longtemps, elle avait redouté le moment de se trouver nue face à lui. Depuis l'adolescence, elle souffrait d'un complexe à cause de sa cicatrice : une longue ligne qui suivait son épine dorsale jusqu'à la base de son cou, héritage d'une lourde opération pour corriger sa scoliose sévère. Le port d'un corset, puis les bagues de titane, les douleurs post-chirurgicales, la rééducation… Eleanor avait passé la majeure partie de sa jeunesse à subir son corps, à en avoir honte. Ainsi avait-elle développé une tendance à fuir les garçons – et les relations amoureuses.

Le jour où elle avait rencontré Jace, sur le bateau, elle

portait un maillot de bain une-pièce qui couvrait entièrement son dos. Il n'avait donc pas vu le…

— Tu as reçu mon message, Takis ?

Eleanor tourna vivement la tête vers la chambre. Le voilage de la fenêtre se soulevait, révélant la présence de Jace sur le balcon. Il brandissait son smartphone face à lui, et elle comprit qu'il passait un appel en vidéo.

— Ah ça oui, répondit son interlocuteur d'un ton sarcastique. Je suis parti du principe que ton histoire de fiançailles était une blague, puisque tu as toujours juré tes grands dieux que jamais, au grand jamais, tu ne te ferais passer la corde au cou… Et puis, Eleanor Buchanan !

— Oh ! ce n'est pas ce que tu crois…

Elle était sur le point d'entrer dans la pièce pour faire signe à Jace qu'elle l'attendait à côté, dans le salon, lorsqu'elle se ravisa. Ils parlaient en grec, langue qu'elle maîtrisait à la perfection grâce à son grand-père. La façon dont le dénommé Takis venait de prononcer son nom la faisait frémir. Il y avait un mélange de mépris et d'incrédulité dans sa voix. Pire : elle discernait du cynisme dans la réplique de Jace.

Le dos au mur, elle retint son souffle et attendit la suite.

— C'est vrai, alors ? Tu t'es fiancé avec la petite-fille de Kostas Pangalos, l'homme que tu as haï jusqu'à sa mort ?

— Ma haine envers Kostas ne s'est pas éteinte avec lui, corrigea Jace.

Quelle intonation cruelle ! Eleanor ne l'avait jamais entendu s'exprimer ainsi, et elle sentit son sang se glacer dans ses veines. Un frémissement l'agita. Sa conscience s'offusquait de sa conduite : elle aurait dû partir, au lieu d'écouter une conversation privée. D'autant plus qu'elle avait rejoint son fiancé dans sa suite un quart d'heure plus tôt que ce qui était convenu. Oui, mais… les talons carrés de ses ballerines semblaient cloués au sol. Elle se savait incapable de bouger – puisqu'elle avait surpris cet entretien, il fallait qu'elle obtienne des précisions, qu'elle connaisse la suite.

— Mais pourquoi ? Depuis des années, tu me racontes comment Kostas a ruiné Dimitri en lui volant ses parts de l'hôtel. Alors qu'est-ce qui te prend de vouloir épouser la petite-fille de ton ennemi juré ?

— Tu sais bien que j'ai tout tenté pour racheter le Pangalos et que Kostas a décliné chacune de mes offres, répondit Jace d'un ton tendu. Le jour où j'ai appris qu'il avait laissé Gilpin Leisure à Eleanor, je me suis demandé si elle était au courant de ce qui s'était passé entre mon père et son grand-père. C'est pourquoi je t'ai envoyé la voir avec une offre de rachat.

— Justement. Comme je l'ai rencontrée, je suis assez surpris de ton choix, opposa son interlocuteur. Elle est charmante, oui, mais tellement effacée… Aux antipodes des bombes sexuelles que tu fréquentes ! À la rigueur, j'aurais mieux compris que tu te laisses séduire par la petite sœur. J'ai vu des photos d'elle dans les tabloïds américains, et elle est canon.

Jace partit d'un grand rire.

Pas le rire chaleureux et complice de l'homme qu'elle croyait connaître, non. Un rire calculateur, froid, mécanique.

— La jeune Lissa sait capter la lumière, c'est sûr. À côté d'un paon aussi flamboyant, Eleanor tient du petit moineau qui se fond dans le décor. Mais je ne lui ai pas demandé sa main pour conclure un mariage d'amour.

Plaquant sa main sur sa bouche, Eleanor étouffa la plainte douloureuse qui lui échappait. Son corps se pliait en deux sous le poids des paroles empoisonnées de Jace. Lui qui l'appelait si souvent « *poulaki mou* », ce qui signifiait « mon petit oiseau ». Naïvement, elle avait cru qu'il s'agissait d'un surnom affectueux, d'un gage de tendresse – et même d’amour. Quelle méprise ! Il s’était moqué d’elle. Cerise sur le gâteau, il la comparait à sa cadette qu’il trouvait plus attirante !

C’était comme si on venait de lui planter un poignard dans le cœur. Elle avait tellement cru en son amour… Sinon, pourquoi serait-il venu de Grèce chaque semaine pour la voir ? Pourquoi l’aurait-il emmenée à Paris ? Pourquoi lui aurait-il proposé de l’épouser ?

Hélas, elle était maintenant contrainte d’éclairer les radieuses semaines écoulées d’une lumière nouvelle et accablante. Ses belles certitudes vacillèrent et volèrent en éclats.

Qu’avait-il répondu lorsqu’elle lui avait avoué la force de ses sentiments pour lui ? Rien. Il l’avait attirée contre lui pour l’embrasser avec volupté. Et elle tremblait tellement de désir et de bonheur qu’elle ne s’était pas inquiétée de ce silence pourtant éloquent… C’était un fait : plusieurs fois, elle lui avait murmuré les trois mots magiques. Lui, jamais.

Malgré elle, elle contempla son reflet dans l’immense miroir du salon et réprima un sanglot. Ce fut comme si elle ôtait enfin les lunettes roses qui lui brouillaient la vue depuis sa rencontre avec le superbe milliardaire grec.

Elle était ridicule.

Ridicule, dans la robe à volants toute en broderie anglaise qu’elle avait acquise en toute hâte pour son week-end romantique avec son petit ami.

Ridicule, avec son ruban noué dans ses cheveux lâchés sur ses épaules, comme les princesses des dessins animés.

Ridicule, avec son cardigan boutonné jusqu’en haut pour dissimuler le décolleté qu’elle n’assumait pas, et ses ballerines à talons de trois centimètres.

La comparaison avec les élégantes Parisiennes qu’ils avaient croisées lors de leur promenade était impitoyable mais nécessaire. C'était au bras de ce genre de femmes que Jace Zagorakis aurait dû déambuler dans les Tuileries. Évidemment ! Ne le savait-elle pas depuis le début ? Cent fois, elle s'était demandé ce qu'il pouvait bien lui trouver, pourquoi elle lui plaisait…

Voilà. La vérité était qu'elle ne lui avait *jamais* plu.

De grosses larmes roulèrent silencieusement sur son visage, faisant couler le mascara et le trait d'eye-liner auxquels elle avait consacré tant de soins.

Elle se rappela la visite inopinée, une ou deux semaines après la crise cardiaque qui s'était révélée fatale pour son grand-père, d'un homme venu au Francine's, l'hôtel d'Oxford du groupe Gilpin Leisure. Il s'était présenté comme étant Takis Samaras, propriétaire d'une chaîne hôtelière grecque, Persée, qui souhaitait acquérir le Pangalos. Elle lui avait répondu qu'elle n'avait aucune intention de vendre.

En réalité, à travers son ami, c'était Jace qui était à la manœuvre. Parce qu'il voulait le Pangalos. L'hôtel. Pas elle. Il n'avait jamais songé à rien d'autre qu'à son hôtel…

L'effet de cette révélation était si dévastateur que, tel un animal blessé, elle avait envie, et même besoin, de fuir au loin pour panser ses blessures. Il lui fallut rassembler tout son courage pour ne pas y céder et rester immobile. Jace reprenait la parole.

D'un geste rageur, elle essuya les larmes qui lui trempaient les joues et serra les dents.

— Me marier avec Eleanor représente le seul et unique moyen de récupérer l'hôtel que Kostas a volé à mon père. Parce que j'ai obtenu une copie de son testament : une clause particulièrement vicieuse et rédigée par une armée de juristes interdit à la présidente de vendre le complexe grec !

— Comment cela ? C'est possible ? demanda Takis, étonné. Légalement, c'est recevable ?

— Il faut croire que oui, maugréa Jace. Le vieux renard se doutait que je reviendrais à la charge dès qu'il aurait quitté ce monde, et il a cru protéger son recel en faisant en sorte que le Pangalos ne puisse juridiquement échapper à la famille.

Il laissa échapper un petit rire victorieux avant d'enchaîner :

— Or le mariage me permet d'en faire partie, et de devenir ipso facto propriétaire de la moitié des parts. C'est ce que j'ai compris dès que j'ai rencontré la petite-fille. Et j'avoue qu'il n'a pas été difficile de la faire tomber amoureuse de moi.

2.

Après avoir raccroché avec son meilleur ami, Jace quitta le balcon, puis referma la grande porte-fenêtre.

Il passa dans le salon où il avait cru entendre un bruit, et haussa les sourcils en n'y trouvant personne. Lentement, il s'approcha de la table, dressée pour le dîner selon sa demande, et arrêta son regard sur un carton de pâtisserie au nom d'une enseigne grecque. Le room service devait l'avoir déposé ici en son absence. Il ne put s'empêcher de soulever le couvercle et de sourire en y trouvant un choix varié de ses péchés mignons : baklavas, *loukoumades* et son dessert favori, le *kataifi* – rouleau de cheveux d'anges fourré aux noix et aux pistaches, imbibé de sirop.

Jace buvait peu d'alcool, il n'avait jamais pris de drogue, mais il avait confié à Eleanor qu'il résistait difficilement aux plats sucrés orientaux. Cela ressemblait bien à la jeune femme d'avoir mémorisé cette information et de s'être donné le mal de lui faire porter cet assortiment. En pensant à sa timide fiancée, il passa une main dans ses cheveux.

Deux mois auparavant, sur un coup de tête, il avait décidé de faire un saut au Pangalos, le plus luxueux complexe hôtelier de Sithonie, l'une des trois péninsules de la Chalcidique. C'était la première fois qu'il y retournait depuis qu'à l'âge de onze ans il en avait été chassé en même temps que ses parents. Avec amertume, il se rappelait comment les agents de sécurité de Kostas les avaient littéralement jetés dehors.

Il avait trouvé le Pangalos entièrement restauré et redécoré, presque méconnaissable à l'intérieur. Pourtant, il lui avait suffi de franchir le hall pour que s'impose à sa mémoire l'image de ses parents debout l'un près de l'autre pour recevoir les vacanciers… À l'époque où il se nommait encore le Pangorakis, c'était le dévouement du personnel qui fidélisait la clientèle, qui incitait les gens à revenir chaque année et les confortait dans le sentiment d'appartenir à une grande, bruyante et joyeuse famille. Du moins était-ce le credo de son père…

Mais Kostas était déterminé à attirer une tout autre classe de touristes : des gens de la haute société exigeant un luxe de niveau cinq étoiles, prêts à payer le prix fort pour obtenir le meilleur. Les désaccords avaient dégénéré en disputes au sujet de la nouvelle politique de l'établissement, brisant l'amitié des deux hommes. Grâce à l'argent qui lui venait de sa riche épouse anglaise et de ses amis influents en Grèce, Kostas avait pris le contrôle du Pangorakis, avant de le rebaptiser le Pangalos.

À la mort du patriarche, six mois auparavant, et à la surprise générale, sa petite-fille Eleanor avait hérité de la direction de Gilpin Leisure. Le groupe comprenait deux enseignes, un superbe hôtel à Oxford ainsi que le complexe en Grèce. Dans les cercles hôteliers, le bruit courait que Mark Buchanan, frère aîné d'Eleanor, était furieux de s'être fait évincer par son grand-père. Sa sœur l'avait aussitôt nommé directeur général du Pangalos, seulement Jace avait appris que les grandes soirées et les belles voitures passionnaient davantage Mark que la gestion du complexe.

Ce jour-là, par pur hasard, en traversant la vaste terrasse qui jouxtait la piscine, Jace regarda un serveur porter un verre à une jeune femme installée dans un transat. Il l'entendit s'enquérir :

— Ce sera tout, mademoiselle Buchanan ?

Il reporta son attention sur la demoiselle dont il avait vu une photo dans le journal financier. C'était bien elle. Longs cheveux châtain clair relevés en chignon strict, teint pâle qui avait tendance à rosir sous le soleil, ainsi qu'en attestaient ses jolis bras fins et galbés. Superbe paire de jambes, nota-t-il aussi, avant de revenir à son visage de porcelaine.

Elle portait un maillot une-pièce qui la couvrait jusqu'au cou tout en soulignant la courbe impeccable de ses hanches et en moulant sa poitrine bien ronde. Étrangement, Jace lui trouva plus d'allure qu'à bien des clientes en bikini. Elle était aussi plus intrigante, comme un cadeau d'anniversaire savamment emballé dans du papier de luxe.

Aucun plan précis ne se forma dans sa tête au moment où il s'installa sur un transat libre, à quelque distance d'elle. Depuis l'adolescence, il pratiquait l'art du flirt avec les femmes et savait pouvoir compter aussi bien sur sa musculature impressionnante que sur son air ombrageux pour obtenir à peu près toujours ce qu'il désirait. Habilement, il tenta d'entraîner Eleanor dans une conversation faussement innocente et, à sa stupeur, elle ne manifesta aucune réaction lorsqu'il se présenta.

Plus étonnant encore, la petite-fille de Kostas était une personne charmante, quoique réservée : lui arracher un sourire relevait du défi, et chacun de ses succès en la matière réveillait la libido de Jace. Il eut envie de mieux la connaître, sans que le mariage ne s'infiltre dans ses pensées pour autant… Ainsi réserva-t-il sa place à bord du bateau de croisière qu'elle empruntait pour visiter les îles de Thasos et Lemnos.

Au cours de leur traversée, Eleanor lui confia qu'elle sentait peser sur ses épaules les responsabilités confiées par son grand-père.

— Je tiens à être à la hauteur de la confiance que Pappoús a placée en moi. Je voudrais qu'il soit fier de ce que j'ai fait de son héritage, parce qu'il a réussi lui-même à hisser le Pangalos au sommet de son succès sans l'aide de personne.

Jace serra les dents, dissimulant à la perfection la colère blanche qui tendait chacun de ses muscles.

Il avait quinze ans lorsqu'on avait retrouvé le corps de son père au pied d'une falaise. Le malheureux était encore en vie, et avait eu le temps, dans son dernier souffle, d'arracher à son fils la promesse de récupérer la part qui aurait dû lui revenir dans l'hôtel de Sithonie. Durant vingt années, la haine qu'il vouait à Kostas et sa détermination à honorer le serment fait à son père mourant avaient guidé Jace. Il vit alors en Eleanor la chance de parvenir à ses fins. Le mariage lui permettrait de récupérer la moitié du Pangalos et Kostas se retournerait dans sa tombe de rage… La double victoire était à sa portée.

Oui, le plan était parfait – et d'une simplicité réjouissante, songea-t-il en allant se verser un verre de whisky.

Il baissa les yeux sur sa montre : dans deux minutes, il serait 19 heures et Eleanor le rejoindrait. En fait, il s'étonnait un peu qu'elle ne l'ait déjà fait. Elle était folle de lui et se réjouissait de ce dîner de fiançailles.

La faire tomber dans son filet s'était révélé un jeu d'enfant. Il se rappela le mélange de bonheur et d'incrédulité qu'il avait lu dans ses grands yeux couleur noisette au moment où il la priait de devenir sa femme… Une fois les noces célébrées, il ne se contenterait pas de la moitié du capital du Pangalos. Son objectif était d'en devenir l'unique propriétaire et, puisque Kostas avait ruiné la vie de son père, il ruinerait à son tour les Buchanan. Le mariage était un bien faible prix à payer pour voir son ambition la plus dévorante et son plus vieux désir non seulement assouvis mais également couronnés de succès.

Sirotant une gorgée de whisky, il songea à la catastrophe que représentait le mariage. Plusieurs de ses amis s'étaient pris les pieds dans le tapis du divorce et de ses prestations compensatoires. À cet égard, sans conteste, il pouvait remercier Katerina de lui avoir épargné ce chemin de croix, quelques années plus tôt, en lui tournant brutalement le dos. Sur le moment, bien sûr, le coup avait été difficile à digérer, et il avait fallu du temps, beaucoup de temps, pour que ses blessures se referment enfin. Mais, en fin de compte, ce rejet avait agi comme un rappel de la leçon qu'il avait reçue de la vie – la terrible trahison dont avait souffert son père. La loyauté ne rapportait rien et seul l'argent importait. Quoique, en l'occurrence, tout milliardaire qu'il était, Jace ne pouvait racheter le Pangalos en raison d'une clause qui verrouillait la succession de Kostas.

Qu'à cela ne tienne, il épouserait Eleanor Buchanan, et, puisque la vengeance était un plat qui se mangeait froid, elle aurait un goût de miel. Jace n'avait qu'un regret : Kostas ne saurait jamais qu'il avait perdu la guerre.

Il haussa les épaules et songea à la nuit qui l'attendait. Il brûlait de coucher Eleanor dans son lit. Elle avait envie de lui, il le savait. L'accueil ardent qu'elle offrait à chacun de leurs baisers avait été une excellente surprise – même s'il s'étonnait lui-même de la désirer, de son côté, avec tant de force. Il devinait sous sa nature réservée une sensualité bouillonnante, et il rêvait de voir le volcan entrer en éruption.

Comme le relevait Takis, Eleanor n'appartenait pas

du tout à l'espèce de créatures sûres d'elles que Jace choisissait d'ordinaire. Il se tenait farouchement à l'abri des sentiments et comptait bien poursuivre sa carrière de séducteur auprès de séductrices aussi indépendantes que lui, une fois le mariage prononcé. Durant tout le temps que tiendrait leur union, il fournirait à Eleanor un train de vie impérial, et lui garantirait ensuite une généreuse indemnité de divorce. Pas question de permettre à un grain de culpabilité de s'immiscer dans les rouages d'une vengeance accomplie, alors que la jeune femme ignorait tout de cette histoire.

Pleinement satisfait par son projet, il finit son verre et vérifia l'heure une nouvelle fois. S'il appréciait tout particulièrement une qualité chez sa fiancée, c'était la ponctualité.

Ne laissant rien au hasard, il avait assidûment courtisé Eleanor durant deux mois, prenant l'avion presque chaque week-end pour rendre visite à la jeune femme en Angleterre. Chaque fois qu'il venait la chercher pour l'emmener dîner, elle l'attendait sur le pas de la porte, pimpante, frétillante, sans dissimuler son bonheur de le voir, bien au contraire. Songeant à la spontanéité de la jeune femme, à son innocence, à sa candeur, il éprouva cette fois quelque difficulté à repousser sa culpabilité. Elle lui vouait des sentiments qu'il ne saurait jamais lui rendre, et…

Comme on frappait à la porte, il se leva avec curiosité, se demandant pourquoi elle n'utilisait pas la clé magnétique pour entrer d'elle-même.

— Un pli pour vous, monsieur Zagorakis, annonça le concierge qui se tenait sur le seuil. De la part de Mlle Buchanan.

— Ah ? Merci.

Jace fronça les sourcils en prenant l'enveloppe.

Dès qu'il fut seul, il l'ouvrit avec fébrilité. Le solitaire hors de prix et tape-à-l'œil qu'il avait offert à sa fiancée un peu plus tôt dans l'après-midi tomba dans la paume de sa main. Bon sang, qu'est-ce que cela signifiait ?

Le mot accompagnant la bague était bref :

Je sais ce que tu as fait et je refuse de t'épouser.

Ébahi, Jace eut l'impression d'avoir reçu un coup de marteau sur le crâne. Il se sentit renvoyé dans le passé, du temps où Katerina lui annonçait avec un rire mauvais qu'elle rejetait sa demande en mariage. Durant des mois et des mois, il avait économisé sur son salaire d'ouvrier dans un site de construction pour lui offrir une bague de fiançailles. C'était à peine si elle avait accordé un coup d'œil méprisant au minuscule diamant qu'il était si fier de lui tendre.

— Bien sûr que non, je ne vais pas t'épouser ! Je veux un mari qui ait de l'argent et une perspective de carrière ! s'était-elle écriée. Pas quelqu'un qui a fait de la prison et qui traînera toujours son casier criminel comme un boulet. Tu as tout du play-boy sexy et voyou qui plaît aux femmes, Jace… Mais ça ne me suffit pas.

Peu de temps après, il apprenait le mariage de Katerina avec un armateur multimillionnaire, assez âgé pour être son père. Un poison noir se répandit dans les veines de Jace, tandis qu'il relisait le mot d'Eleanor. À son tour, elle avait donc percé le secret de son passé…

Non, il n'avait pas jugé utile de l'en informer. D'abord, c'était arrivé il y a longtemps. Ensuite, il avait payé sa dette à la société. Et puis… Il y avait tant en jeu, dans cette affaire ! Alors il voulait bien l'admettre, par omission, il n'avait pas voulu risquer de tout compromettre en lui avouant qu'il avait été condamné à une peine pénale.

Pas de mariage, cela revenait à dire pas d'hôtel, pas de justice par la revanche, pas de possibilité d'honorer la promesse faite à son père.

D'un regard absent, il fixa le diamant au creux de sa main et étouffa un juron. Puis il sortit son téléphone de sa poche et appela la ligne directe de la chambre d'Eleanor. Aucune réponse. Il était directement renvoyé sur la messagerie vocale. Furieux, il raccrocha et appuya sur la touche de contact avec la réception. Le gardien l'informa que Mlle Buchanan avait quitté l'établissement et pris un taxi cinq minutes plus tôt.

Elle le quittait et elle rentrait en Angleterre ! *Theos* !

La colère se rua dans ses veines telle une lave détruisant tout sur son passage. Il perdait tout espoir de récupérer le Pangalos.

Or toute sa vie tournait autour de cet hôtel… Pourtant, inexplicablement, le visage d'Eleanor s'imprimait dans son esprit, image insistante de son sourire discret bloquant sa poitrine à la façon d'un étau. C'était incroyable. Incompréhensible. Elle avait l'air folle amoureuse de lui. Et elle ne lui accordait pas même une chance de s'expliquer après avoir appris qu'il avait subi une infamante condamnation bien des années plus tôt ?

Non. Il n'avait pas droit à ce privilège. Pas lui. Et il savait pourquoi. En dépit de toute sa richesse, en dépit de sa fulgurante réussite dans les affaires, il ne parvenait pas à échapper à son passé. Au moment où il croyait s'être à jamais extirpé du caniveau, Eleanor Buchanan l'y renvoyait la tête la première.

Parce qu'il n'était pas assez bien pour elle. Pas assez bien pour devenir son mari.

3.

Un an après

Eleanor adorait la paix et la tranquillité que procurait un vol en montgolfière. Le ballon flottait au gré de la brise, créant une sensation magique d'immobilité et de silence. Elle pouvait se laisser aller à savourer la fraîcheur de l'air matinal sur sa peau, la caresse du soleil.

Six mois auparavant, elle avait obtenu son permis de pilotage et, avec l'un de ses camarades de l'école, Nigel, elle avait acheté une montgolfière qu'ils empruntaient à tour de rôle pour voler chaque fois que le temps le leur permettait. Ce matin-là, les conditions météorologiques s'avéraient idéales.

Avant l'aurore, elle avait retrouvé Nigel et l'équipe technique dans un champ où ils avaient gonflé le ballon et réglé la température sous la voilure, avant qu'elle ne s'installe dans la nacelle. Les cordes défaites, Eleanor s'était doucement élevée dans le ciel.

À mesure que le jour se levait, la brume se dissipa. La campagne de l'Oxfordshire se dessina sous ses yeux, et les paysages révélèrent toute leur beauté depuis sa position, à six cents mètres d'altitude. Elle aimait admirer les clochers et les flèches des vieux *colleges*, elle ne se lassait pas de la grâce de la Tamise et de ses lacets, elle adorait la palette de verts et d'ocres des cultures, leurs nuances infinies, la poésie de cette déambulation différente chaque fois. Comme son ballon passait au-dessus d'un parc, elle entendit un chien aboyer et reconnut le chant d'une alouette.

Son premier vol en montgolfière avait eu lieu dans son enfance, à l'époque où on venait de diagnostiquer sa scoliose et où elle était contrainte de porter un corset. C'était épouvantable d'être engoncée dans cet engin de l'enfer, armature de plastique et de métal qui bloquait tout son corps du menton jusqu'aux hanches. Elle se retrouvait privée de presque toutes les activités concevables, et ses parents avaient continué d'emmener son frère et sa sœur pratiquer le ski et la randonnée à la montagne, l'hiver, les baignades dans les lacs ou dans l'océan l'été. Pendant ce temps, Eleanor demeurait cloîtrée chez ses grands-parents, affichait un sourire courageux et déclarait à qui voulait l'entendre que les vacances en famille ne lui manquaient pas. En vérité, elle souffrait. Cette maudite scoliose l'avait rendue différente des autres, à part. Pour ses parents, elle était un problème permanent, un boulet, et elle parvint à se convaincre qu'ils l'aimaient moins que Mark et Lissa.

La seule personne qui semblait la comprendre, c'était son grand-père. Un dimanche, comme sa famille était encore partie en la laissant derrière, Pappoús organisa pour elle un vol en ballon. L'expérience fut un véritable enchantement : dans les airs, elle oublia tout de son handicap et de ses douleurs.

Depuis l'opération, elle menait une vie normale, mais le manque de confiance en soi ne l'avait pas quittée. Entendre Jace la décrire comme quelqu'un qui « se fondait dans le décor », un vulgaire « moineau » semblable à des milliers d'autres, avait incité Eleanor à lui prouver – à *se* prouver

– qu'il se trompait : elle avait réalisé son rêve en passant son brevet de pilote et en achetant une montgolfière.

Le vol exigeait de sa part une concentration de tous les instants et, aujourd'hui plus qu'aucun autre jour, elle se réjouissait d'échapper à ses pensées – au triste anniversaire de son séjour à Paris et dc ses fiançailles avec… Non. Elle refusait de lui permettre de s'installer dans son esprit. Et elle s'interdisait formellement de pleurer. Depuis un an, elle avait bien trop souvent trempé son oreiller à cause de Jace Zagorakis.

Là-bas, sur le sol, quelque chose se mit à briller très fort et retint son attention. Il s'agissait certainement d'un miroir ou d'une vitre, mais la vivacité de cet éclat transparent lui rappela le diamant de la bague que Jace avait glissée à son annulaire.

Eleanor se mordit la lèvre et releva la tête pour contenir les larmes qui, en dépit de ses plus sincères efforts, lui montaient aux yeux. Les souvenirs l'assaillaient – tous les mensonges du milliardaire grec qui avait brisé son cœur en mille morceaux. Jalousement, elle avait gardé le secret de son chagrin d'amour, ne révélant à personne ses fiançailles qui, de toute façon, devaient détenir le record de brièveté de toute l'histoire des relations entre hommes et femmes…

Afin de chasser son amertume, elle se rappela qu'elle avait eu de la chance de pouvoir fuir à temps. Si elle n'avait pas surpris la discussion de Jace avec son ami, elle aurait passé la nuit avec lui, à Paris, et elle l'aurait épousé sans se douter qu'il ne l'aimait pas. Sans songer un instant que, la seule chose qui l'intéressait, c'était le complexe de Sithonie.

Elle essuya ses joues d'un geste vif. Un an plus tôt, ne suivant que les élans intrépides son cœur, elle avait oublié toute prudence, tout bon sens : elle aurait dû comprendre tout de suite qu'un homme aussi charismatique que Jace était hors de portée d'une fille comme elle.

Agacée d'avoir laissé cet homme s'infiltrer jusque dans son sanctuaire aérien, elle s'efforça de le chasser. Ses vols en ballon renforçaient sa personnalité et pansaient son amour-propre. Elle était fière d'avoir brillamment franchi toutes les étapes et obtenu son brevet.

Au bout d'une heure, elle chercha une zone d'atterrissage et appela par radio l'équipe au sol afin qu'on la rejoigne. Le contrôle de la descente exigeait précision et savoir-faire, et, à sa grande joie, elle se sentait de plus en plus experte à la manœuvre.

Quand elle fut à terre et qu'on prépara le ballon au rangement, elle se félicita d'avoir réussi à ne pas penser à Jace pendant une heure entière.

La pratique de la montgolfière n'était possible que tôt le matin ou dans la soirée, quand la fraîcheur de l'air était stable. À 10 heures, au volant de sa berline, Eleanor atteignait déjà le centre-ville d'Oxford pour rentrer au Francine's. L'hôtel était baptisé ainsi en l'honneur de sa grand-mère, dont la famille avait acquis l'immeuble pour le transformer en l'un des plus beaux établissements de la région.

Depuis un an, Eleanor se réfugiait dans le travail et ne ménageait pas sa peine. Avant sa mort, son grand-père envisageait de revoir entièrement la décoration et l'ameublement de l'hôtel, un peu datés, et, dès que la jeune femme avait pris la tête du groupe, elle avait mis en chantier un ambitieux plan de rénovation. En conséquence, il avait fallu fermer durant trois mois, et la perte de revenus additionnée aux coûts de l'opération rongeait sévèrement le chiffre annuel du groupe Gilpin Leisure.

Par bonheur, le Pangalos se portait bien, lui assurait son frère. Pour faire oublier à Mark l'humiliation d'avoir été rayé du testament de leur grand-père, elle lui avait confié la direction générale du complexe grec où, depuis sa rupture avec Jace, elle n'avait guère envie de retourner. C'était là-bas qu'elle l'avait rencontré. Elle finirait par surmonter sa réticence mais, pour le moment, elle ne prévoyait pas de se rendre sur place.

En coupant le moteur, Eleanor remarqua une longue et luxueuse limousine noire, garée sur le parking du Francine's. La fréquentation reprenait à un rythme poussif, depuis la réouverture, malgré l'importante campagne de promotion lancée par le service de marketing. Avec un peu de chance, le ou les futurs clients venus avec ce véhicule allaient réserver la suite la plus chère pour un mois entier. Elle sourit avec optimisme en se dirigeant vers le bâtiment privé où elle habitait depuis ses douze ans, lorsque la mort de leurs parents les avait contraints, son frère, sa sœur et elle, à partir vivre chez leurs grands-parents. Elle avait prévu une réunion à 11 heures avec le responsable événementiel et se hâta de monter dans sa chambre afin de se changer. Puis elle fila à la cuisine pour se faire une tasse de café avant de se rendre à son bureau.

À son étonnement, elle trouva Lissa attablée devant son petit déjeuner. Sa cadette n'avait pourtant pas pour habitude d'être debout et habillée avant midi. Elle vivait à Londres et ne revenait à Oxford que de façon occasionnelle, le plus souvent parce qu'elle avait besoin d'argent. En nommant Eleanor responsable du trust établi au nom de sa sœur, et auquel Lissa n'aurait pleinement accès qu'à partir de son vingt-cinquième anniversaire, Pappoús avait fait peser sur ses épaules une nouvelle charge dont elle se serait volontiers passée, car elle envenimait sa relation déjà complexe avec la plus jeune de la famille.

— Où étais-tu passée ? s'enquit machinalement Lissa.

Sans attendre la réponse de son aînée, elle enchaîna :

— Il y a un type qui est ici, pour te voir. Il n'a pas donné son nom, il a juste dit qu'il est lié à une chaîne hôtelière en Grèce, un machin qui s'appelle Poséidon ou Orphée ou je-ne-sais-quoi dans le genre…

Le cœur d'Eleanor venait de cesser de battre.

— Persée ?

Un frémissement la saisit, au souvenir du jour où Takis Samaras, patron de Persée, était venu offrir de racheter le Pangalos. Un émissaire sournoisement téléguidé par Jace, ainsi qu'elle l'avait appris à ses dépens. D'après les renseignements qu'elle avait obtenus à son retour de Paris, les deux hommes d'affaires, magnats de l'industrie grecque, étaient les meilleurs amis du monde. Samaras possédait le même pourcentage dans le capital de Zagorakis International que Jace dans celui de Persée.

— Mary ne t'a pas donné plus de détails ? demanda-t-elle, étonnée.

Sa secrétaire avait pour principe de fixer rendez-vous aux visiteurs venus à l'improviste.

Les ravissants cheveux blonds de Lissa, coupés au carré, dansèrent autour de son visage comme elle faisait signe que non.

— C'est moi qui l'ai reçu, précisa-t-elle. Il est venu ici, pas à l'hôtel. En fait, c'est la sonnette qui m'a réveillée. Il a répété plusieurs fois qu'il avait une affaire importante à discuter avec toi, et je lui ai suggéré de s'installer dans ta salle d'attente.

Eleanor haussa les épaules.

— Je vois. J'ai ma petite idée sur la raison de sa venue. Mais Pappoús a clairement stipulé que le Pangalos devait rester dans la famille.

— Et, naturellement, tu n'irais pas contre ses sacro-saints désirs, lâcha sa sœur d'un ton sarcastique. Même quand nous étions petits, tu étais obéissante et ennuyeuse au possible. Je suppose que c'est pour ça que Pappoús t'a tout laissé.

— Je prends mes responsabilités au sérieux, corrigea Eleanor. Cela ne fait pas de moi quelqu'un d'ennuyeux pour autant !

Le commentaire désagréable de sa cadette piquait sa sensibilité.

— Enfin, regarde ! commenta Lissa en la détaillant de la tête aux pieds d'un regard navré. Tu t'habilles comme une nonne, tu ne sors jamais, et personne ne t'a jamais vue au bras d'un garçon.

Eleanor serra les dents. Pendant les quelques mois qu'avait duré sa relation avec Jace, Lissa était en Californie, à essayer de lancer sa carrière d'actrice et à se faire photographier par des paparazzis.

Malgré elle, elle baissa les yeux sur sa tenue : chemisier blanc, jupe crayon et cardigan noirs, mocassins plats.

— Je m'habille conformément à mon activité professionnelle, objecta-t-elle, sur la défensive.

— Eh bien suis mon conseil et fais tomber au moins le cardigan : le Grec est un très beau mec, et il ne risque pas de s'intéresser à toi si tu es sapée comme sa mère.

— Mais je n'ai pas du tout envie qu'il s'intéresse à moi ! s'exclama Eleanor.

Quelle folie ! Un manipulateur lui avait suffi. Jace lui avait causé bien assez de mal : plus jamais elle ne serait assez stupide pour accorder sa confiance à un homme.

Agacée, elle finit son café et se rendit dans les bureaux. Parvenue dans le couloir, elle hésita avant de gagner la salle d'attente. Un an plus tôt, elle avait été profondément humiliée d'apprendre la raison pour laquelle Jace la demandait en mariage. S'il osait lui envoyer Samaras pour la seconde fois, elle allait devoir lui faire comprendre qu'il perdait son temps et que sa réponse, un non franc et massif, était irrévocable. Mieux valait qu'elle se prépare à se montrer ferme et inflexible.

D'une main décidée, elle poussa la porte de la salle d'attente et tomba nez à nez avec la haute silhouette virile et élégante qui contemplait le ciel par la fenêtre. Elle l'avait vu tant de fois en rêve qu'un coup d'œil à ses épaules larges lui suffit. Il tourna vers elle son visage arrogant.

— Toi ? lança-t-elle d'une voix déformée par le choc.

Ses poumons se bloquèrent, et elle s'accrocha à la poignée de la porte tandis que ses jambes se dérobaient sous elle.

Dès que Jace Zagorakis planta son regard dans le sien, le cœur d'Eleanor s'affola, assénant des coups lourds sur un rythme martial.

Certes, elle n'avait jamais oublié ses traits mais, quand elle revit son grand front lisse au teint mat, sa bouche ourlée, sa mâchoire et ses pommettes ciselées avec la même finesse que celles d'une statue athénienne, elle fut happée par le passé et s'efforça de déglutir. Déjà, elle avait la gorge en feu.

Depuis l'autre côté de la pièce, on aurait dit que ses yeux étaient noirs. Mais elle connaissait la profondeur de leur velours chocolat. Leur pouvoir ensorcelant, leur intensité hypnotique.

Visiblement satisfait d'avoir produit son petit effet, il la contemplait, un demi-sourire aux lèvres. Que s'était-il imaginé ? Qu'elle sauterait de joie en le voyant ?

Durant des jours et des nuits, des semaines et des mois, après son départ précipité de Paris, elle avait espéré qu'il viendrait la trouver. Qu'un beau matin, elle tomberait sur lui en sortant de chez elle, et qu'il la supplierait de lui permettre de s'expliquer. Qu'il saurait la convaincre que tout cela n'était qu'un effroyable malentendu… Qu'il l'aimait. Vraiment.

Sa naïveté en avait pris un coup. Pas une fois il n'avait cherché à entrer en contact avec elle et, peu à peu, sa détresse s'était changée en colère, puis en désillusion. En cet instant, elle était tentée de tourner les talons et de claquer la porte à la figure du cuistre qui avait osé la traiter avec tant de mépris et de cruauté.

Mais Eleanor Buchanan n'était pas lâche et elle releva le menton en faisant quelques pas dans sa direction.

— Quelle surprise, Jace, déclara-t-elle sèchement. J'aurais aimé dire qu'elle est agréable.

Fière d'avoir retrouvé son sang-froid, elle ignora les battements frénétiques de son cœur.

— Je me souviens pourtant d'une époque où tu étais ravie de me voir arriver, Eleanor, répondit-il tranquillement.

Sa voix était si sensuelle, si méditerranéenne, si caressante qu'elle en frissonna. Malgré elle, comme elle se rappelait leurs baisers enfiévrés, lorsqu'il venait lui rendre visite à Oxford, elle se sentit rougir.

— Qu'est-ce que tu fais ici ? demanda-t-elle froidement en reprenant contenance.

Toujours aussi flegmatique, il sourit.

— Je suis venu te parler.

— Je suis occupée. Si tu as besoin de discuter d'un sujet important, je te suggère d'appeler ma secrétaire pour qu'elle te fixe rendez-vous.

Sa colère, d'abord sourde, commençait à enflammer ses sens. Comment osait-il se présenter ici, comme si de rien n'était ?

— Du reste, ajouta-t-elle non sans hargne, tu as perdu tout droit d'exiger quoi que ce soit de ma part, après ce que tu as fait.

Elle vit une flamme s'allumer dans son regard et disparaître presque aussitôt, mais rien n'aurait pu impressionner Eleanor, ni apaiser sa fureur.

— Puis-je savoir ce que j'ai fait ? s'enquit-il en la toisant avec aplomb.

— Oh ! ne fais pas comme si tu l'ignorais ! Je t'ai entendu.

Sa voix chevrotait, tant elle était bouleversée – et désireuse de le lui cacher.

— Quand je suis venue dans la suite, à Paris, j'ai surpris toute ta conversation avec Takis Samaras. Tu lui as annoncé que tu comptais m'épouser uniquement pour mettre la main sur l'hôtel de mon grand-père.

— Ah… Alors c'est toi qui as déposé le carton de pâtisseries, dit-il très bas, sans cesser de la toiser, comme s'il cherchait à lire dans ses pensées.

Eleanor resta immobile et le front haut. Intérieurement, elle n'en revenait pas que le premier réflexe de son ex-fiancé consiste à évoquer les gâteaux ! Il n'avait donc aucun cœur ?

— Et tu t'es permis d'écouter une discussion strictement privée, poursuivit-il. Tu as « entendu », et alors ? C'était une raison pour partir comme une voleuse, sans même me faire savoir où ? Et d'éteindre ensuite ton téléphone, de sorte que je n'avais aucun moyen de m'assurer que tu allais bien ?

— Comme si ça t'intéressait ! railla-t-elle, exaspérée. Bien sûr que c'était une excellente raison pour partir ! J'aurais dû rester et prétendre que tout allait pour le mieux dans le meilleur des mondes, après avoir découvert que tu ne m'avais jamais, euh… que tu n'étais pas…

Elle se mordit la lèvre jusqu'au sang.

— Que je n'étais pas quoi ? demanda-t-il d'un ton indéchiffrable.

Eleanor ferma les yeux. Quand elle les rouvrit, Jace était toujours là. Devant elle. Elle ne rêvait pas.

— Amoureux, lâcha-t-elle très bas. Que tu n'es pas amoureux de moi. N'est-ce pas ?

Le long silence de son visiteur répondit au mince espoir qu'elle venait – follement – de former. Bon sang, mais quelle imbécile… Non, il n'était pas venu un an après pour lui déclarer subitement sa flamme !

— Et je suppose que ta présence au Pangalos, le jour de notre rencontre, n'avait rien de fortuit, reprit-elle sombrement. Tu savais que j'y étais venue, tu t'es arrangé pour faire ma connaissance. Et tu as fait semblant de t'intéresser à moi.

— Ce n'est pas vrai, répondit-il en fronçant les sourcils. Je suis allé faire un tour dans le complexe par hasard, et il se trouve que je t'ai reconnue.

Lâchant une exclamation moqueuse, elle croisa les bras sur sa poitrine.

— Et quand je t'ai dit que je partais le lendemain en croisière dans les îles… C'était une coïncidence que tu montes à bord du yacht au dernier moment ? Un hasard, peut-être ? Non, évidemment. Je crois plutôt que tu as orchestré ton petit programme de séduction afin de t'emparer du Pangalos sous le prétexte fallacieux d'une vieille querelle entre ton père et mon grand-père.

— Leur querelle a bel et bien eu lieu, avec des conséquences gravissimes, se précisa-t-il. Mon père et Kostas étaient de grands amis jusqu'à ce que ton grand-père ne devienne trop gourmand. Lui et sa charmante bande de juristes ont piégé Dimitri pour lui voler ses parts. Le résultat, ce n'est pas seulement qu'il s'est retrouvé en faillite, ni que ma mère et lui ont perdu tout ce pour quoi ils se battaient, y compris notre maison.

Elle vit la mâchoire de Jace se crisper sous l'effet de la rage.

— Non, je vais te dire ce qui a été le pire : mon père

était dévasté par une telle trahison, enchaîna-t-il. Kostas était son ami. Il l'aimait, il lui faisait confiance, il lui offrait toute sa loyauté. Et Kostas l'a littéralement détruit. Il lui a brisé le cœur.

— Alors tu t'es dit que tu allais briser le mien ? C'est bien cela ?

Sa voix s'altérait tant elle était blessée. Mais elle serra les poings et reprit avec toute la force qu'elle put rassembler :

— Tu as voulu te venger d'un crime dont j'ignorais tout, et auquel je ne crois toujours pas, soit dit au passage. Mon grand-père était un homme bon, et il n'aurait jamais agi de façon immorale ou illégale. Ce que, toi, tu as fait, en revanche, est impardonnable !

Mortifiée, elle s'aperçut qu'elle avait les joues trempées.

— J'étais innocente, sans expérience sur le plan amoureux, et tu t'es servi de moi, tu m'as manipulée sans aucun scrupule, avec un cynisme diabolique !

Son regard noir arrimé au sien, il s'approcha pour demander d'un ton incrédule :

— Es-tu en train de me dire que tu étais vierge, quand je t'ai rencontrée ? Et, comme tu parles au passé, que tu ne l'es plus, désormais ?

Outrée par son audace, elle résista non sans peine à la tentation de gifler son insolent visage de séducteur.

— Ce ne sont pas tes affaires ! rugit-elle, hors d'elle.

4.

Jace n'aurait su dire pour quelle raison il interrogeait Eleanor à propos de son intimité sexuelle – elle avait raison, cela ne le regardait pas. Plus inexplicable encore : l'élan de jalousie qu'il éprouvait à l'idée qu'un autre homme que lui l'ait couchée dans son lit ! Ridicule… Non seulement ils n'avaient pas consommé leur relation, mais il s'était toujours moqué de savoir ce que ses maîtresses faisaient avant, après, voire pendant, leur liaison, au demeurant toujours brève.

Ce léger désordre dans ses humeurs provenait forcément de son insupportable impression d'échec sur le moment : ce n'était pas tant Eleanor que le Pangalos qui lui échappait.

Cela dit, il y avait autre chose. Au-delà du Pangalos. À la vérité, il ne s'était pas réjoui qu'Eleanor s'évanouisse dans la nature à la veille d'un mariage censé durer au moins quelques mois. Il adorait voir apparaître son sourire radieux chaque fois qu'il arrivait devant chez elle, la façon dont elle fondait au creux de ses bras, la ferveur de ses baisers, cet étonnant mélange, chez elle, de passion et de candeur…

D'ailleurs, depuis qu'elle était entrée dans la salle d'attente, alors qu'il ne l'avait pas revue depuis un an, il ne songeait qu'à l'attirer contre lui et à ravir ses lèvres, à s'enivrer de son parfum, à savourer le contact de son corps, souple comme une liane, pressé contre le sien.

L'image de la jeune femme dans son maillot de bain, sur le bateau, le hantait, sensuelle et aguicheuse. Il savait qu'elle avait eu envie de lui – qu'il existait entre eux une alchimie rare et puissante, une irrésistible attirance.

— Comme tu as dû t'amuser ! reprit-elle, une note amère dans la voix. Comme tu devais rire dans mon dos… Quel jeu hilarant de faire en sorte que je tombe amoureuse de toi, n'est-ce pas ?

Mal à l'aise, il ne sut que répondre. Impossible de nier qu'elle avait été un instrument dans son projet de revanche, un simple moyen de parvenir à ses fins. Pas un instant il n'avait songé aux conséquences de ses manœuvres sur la sensibilité à fleur de peau de jeune femme. Rien d'autre n'existait, dans sa tête, que le souvenir de son père au pied de la falaise… le corps disloqué du pauvre homme, à l'instar de ses espoirs brisés. Dimitri était mort de ses blessures sans avoir révélé son secret. Sa chute relevait-elle de son choix ou d'un accident ? Il ne le saurait jamais. Le résultat de l'enquête n'ayant pu lever le doute, l'hypothèse du suicide restait recevable et, à partir de là, Kostas Pangalos n'était plus seulement un escroc mais un homme aux mains couvertes de sang.

Son émotion remonta le long de sa gorge.

— Un jeu ? Non. Je n'ai jamais considéré que c'était un jeu, répondit-il avec franchise. Il s'agissait de récupérer ce qui revenait de plein droit à mon père dans le Pangalos, et tu as été un dommage collatéral.

À ces mots, l'horreur se peignit sur les traits d'Eleanor, et elle lâcha d'un ton écœuré :

— Quel ignoble salaud tu es…

Jace serra la mâchoire.

— Crois ce que tu veux, mais sache que, si tu étais devenue ma femme, je me serais employé à être un bon mari. Je haïssais ton grand-père mais, toi, je t'aurais bien traitée.

— Tu m'aurais bien traitée ? répéta-t-elle, suffoquant de colère.

Son regard noisette virait au vert forêt, signe qu'elle était hors d'elle, observa-t-il.

— Tu m'as prise pour un chien que tu pourrais entraîner à s'asseoir et à faire le beau, pour lui accorder quelques miettes de ton attention quand tu le déciderais ? ajouta-t-elle, scandalisée.

— Pas du tout. Je ne t'ai jamais considérée ainsi, et j'appréciais beaucoup ton enthousiasme... En fait, je crois qu'il est encore là. Tu as toujours autant envie de moi.

Ignorant son regard outragé, il sourit et susurra :

— Si je t'embrassais maintenant, veux-tu me faire croire que tu me repousserais ?

Comme il allait poser une main sur son épaule, elle fit un bond en arrière, tel un cabri, et s'écria :

— Je te déteste ! La simple idée que tu me touches me révolte !

Cette fois, Jace accusa le coup.

— *Theos* ! maugréa-t-il en passant une main dans ses cheveux et en la regardant adopter une position défensive, depuis l'autre bout de la pièce.

— Maintenant, je te prie de partir, asséna-t-elle sèchement. Quelle que soit la raison de ta venue, ça ne m'intéresse pas.

— Oh ! je te garantis que, si, cela va te passionner quand tu auras entendu ce que j'ai à te dire à propos du Pangalos, rétorqua-t-il en allant tranquillement s'asseoir dans un fauteuil.

— Tu perds ton temps. Non seulement mon grand-père a veillé juridiquement à ce que le Pangalos ne puisse être vendu, mais, même si ma vie en dépendait, je ne te laisserais jamais mettre le grappin dessus.

Son regard lançait des éclairs.

Imperturbable, Jace poursuivit :

— Tu ferais mieux de te demander ce que tu es prête à faire pour éviter à ton frère d'aller croupir en prison.

— Oh ! je ne sais pas ce que tu manigances, Jace, mais je ne tomberai pas une seconde fois dans le piège de tes odieux mensonges ! rétorqua-t-elle en croisant les bras.

— Quels mensonges ? Je ne t'ai jamais menti.

— Quoi ? Tu ne m'as pas fait croire que tu étais tombé amoureux de moi ? tonna-t-elle.

— Je suis certain de n'avoir jamais rien dit de tel.

Elle le fixa intensément, luttant contre les émotions qui menaçaient de l'assaillir.

— Non, admit-elle enfin. Mais je t'ai pris pour un prince, alors que tu n'es pas même un homme.

Vexé, il se défendit :

— Je ne suis pas responsable des rêveries dont tu t'es grisée à cause d'une simple attirance sexuelle. Si tu m'avais épousé l'an dernier, le Pangalos ne se trouverait pas au bord de la banqueroute.

— Je ne te crois pas. L'hôtel ne rencontre aucun problème financier, sinon mon frère m'en aurait parlé.

— Il ne t'en a rien dit parce que, justement, c'est lui le problème. Maintenant, Eleanor, assieds-toi et écoute attentivement. Le Pangalos est criblé de dettes et risque la liquidation judiciaire.

Enfin, il obtenait son attention. Satisfait, il la regarda lui renvoyer un coup d'œil soupçonneux et prendre place face à lui, avec une prudence calculée.

— Tu mens, insista-t-elle. J'ai discuté avec Mark il y a quelques jours à peine. Il m'a confirmé que le complexe va afficher complet tout l'été.

— Parce que la plupart des réservations correspondent à des promotions conclues avec des sous-traitants en ligne, des prix cassés, et tu sais aussi bien que moi que tu ne verras pas la couleur de cet argent avant plusieurs mois. En attendant, le personnel n'est pas payé et les frais de fonctionnement s'accumulent. Sans parler des pénalités sur la monstrueuse taxe que ton frère n'a pas réglée à l'État. S'il faut placer le Pangalos en faillite, en tant que gérante de Gilpin Leisure, tu n'auras pas le choix : la fermeture sera obligatoire et effective aussitôt, et tu devras vendre pour payer les créanciers.

Au fil de son discours, la jeune femme avait pâli. Soudain, elle se leva et conclut :

— J'en ai assez d'écouter ce tissu d'inepties. Tu ne sais rien de la situation financière de notre hôtel, qui est confidentielle.

— Pourtant, apparemment, je suis plus au courant que toi, et mes sources d'information sont très fiables, répliqua-t-il. Au moment où tu as hérité de la direction du groupe, tu as confié la gestion du Pangalos à ton frère.

— Oui, et alors ? Mark est l'aîné, c'est à lui qu'aurait dû revenir le management de la société, et la décision de Pappoús a causé beaucoup de tort à ma relation avec mon frère et ma sœur.

Jace haussa les épaules.

— Kostas s'en fichait, c'était avant tout un homme d'affaires. S'il t'a choisie, c'est forcément parce que tu étais la mieux placée pour réussir à la tête de son entreprise. Parce que tu étais la plus sensée des trois.

— N'essaie pas de me flatter, lâcha-t-elle froidement. Tu m'as comparée à un moineau qui se fond dans le décor, autant dire à quelqu'un d'ordinaire, de transparent…

Jace contempla le visage d'Eleanor. Elle avait un teint de porcelaine, une bouche rose et adorable, de grands yeux lumineux. Il avait fait la connaissance d'une jeune fille timide qui, progressivement, s'était épanouie à son contact. Sur le moment, il n'avait tenu aucun compte de sa vulnérabilité et, aujourd'hui, il le regrettait. Sans le vouloir, il l'avait blessée. Néanmoins, rien ni personne ne le détournerait de son projet de reprendre le Pangalos.

— Je te conseille d'appeler ton frère et de le prier de t'exposer l'état de vos comptes. Ta seule option pour sauver le Pangalos, c'est de trouver un investisseur, ce qui ne sera pas une mince affaire avec la dette abyssale que vous traînez. Tu as besoin de moi. Je suis prêt à vous sauver contre cinquante pour cent du capital.

Eleanor lui retourna un regard assassin.

— Tu plaisantes. Je ne t'offrirai même pas un dépliant publicitaire, et à supposer qu'il y ait une once de vérité dans ce que tu dis, ce dont je doute sérieusement, jamais tu n'auras une part dans l'hôtel auquel tenait tant mon grand-père.

Non sans mal, Jace contint sa colère.

— Je te demande simplement de me rendre ce qui m'appartient : ton grand-père a tout de même volé sa part à mon père. Ce n'est que justice que tu me le restitues !

— Ah oui mais, hélas, la vie est injuste, railla-t-elle. Sinon, je ne t'aurais pas rencontré.

— Tu ne le penses pas ! protesta-t-il, outré. Tu peux raconter ce que tu veux mais il y a un an, entre nous, la passion était bien réelle.

Durant une fraction de seconde, il songea à ce qu'aurait été leur relation si l'histoire de leurs deux familles n'y avait pas été mêlée. Pas un instant, depuis qu'il se trouvait en sa présence, il n'avait cessé d'éprouver le désir impérieux de l'attirer dans ses bras et de l'embrasser.

— Pappoús m'a confié le Pangalos, et je ne le partagerai *jamais* avec toi, trancha-t-elle en lui décochant un regard plein de morgue.

Puis, elle se leva, lui signifiant qu'elle en avait terminé avec lui. De mauvaise grâce, il se dirigea vers la sortie.

— Nous verrons bien, dit-il. Les « jamais » ne pèsent pas lourd dans les affaires.

Sortant une carte de visite de la poche de sa veste, il la lui tendit. Comme elle demeurait les bras croisés, il la posa sur la table basse et conclut :

— Quand tu me téléphoneras pour me supplier de t'aider, prie pour que je te traite avec un peu moins de cruauté que Kostas n'en a eue envers mon père.

En voyant le nom de l'appelant s'afficher sur l'écran de son smartphone, Eleanor se jeta précipitamment dessus.

— Mark ! Dieu merci !

Une vague de soulagement lui réchauffa le cœur, comme la voix de son frère s'élevait à l'autre bout du fil.

— Où étais-tu ? enchaîna-t-elle. Tu as disparu depuis deux jours, ton téléphone était bloqué sur messagerie !

Elle prit une longue inspiration avant de poursuivre :

— Je suis au Pangalos. Les inspecteurs ont relevé de nombreuses incohérences dans l'exercice comptable.

— Oui, je sais où tu es… Lissa m'a avertie que tu quittais Oxford en urgence pour la Grèce. Je n'ai pas eu le courage de te faire face, Eleanor.

— Comment ? murmura-t-elle. Tu as parlé avec Lissa, et pas avec moi ?

Eleanor s'efforça d'ignorer la jalousie qui s'immisçait en elle. Son frère et sa sœur partageaient des liens dont elle était exclue – il en était ainsi depuis leur enfance. Elle avait toujours été l'enfant du milieu, celle qui était bizarre, ni drôle et audacieuse comme Mark, ni ravissante et espiègle comme Lissa. La privation d'activités imposée par son corset, le manque de confiance en soi qui en découlait, tout cela avait renforcé l'éloignement avec les deux autres qui, de leur côté, s'étaient davantage rapprochés.

— Je ne comprends pas ce qui se passe, ajouta-t-elle, un peu honteuse d'avoir lancé elle-même un audit sur les comptes dont son frère était responsable.

Dès le départ de Jace, troublée par les accusations qu'il lançait contre Mark, elle avait voulu le joindre, certaine qu'il allait la rassurer.

— Les inspecteurs se sont aperçus que tu avais viré plusieurs fois des fonds du Pangalos sur ton compte personnel, reprit-elle. L'hôtel n'a pas honoré les factures de ses fournisseurs, le personnel attend encore son salaire du mois courant, et un commandement à payer une taxe fait l'objet d'une énorme pénalité…

— C'est désastreux, je sais, soupira Mark. Il me suffisait d'une bonne main, et j'aurais pu tout rembourser…

À ces mots, Eleanor étouffa une exclamation de douleur.

— Tu avais promis de ne plus jouer ! Je t'ai confié la direction du Pangalos parce que tu m'as garanti que cet épisode était derrière toi, que tu ne demandais qu'à avoir une chance de changer de vie ! Tu m'as affirmé que tu te sentais pleinement capable d'assumer tes nouvelles responsabilités.

— Je te jure que j'ai essayé, répondit Mark. J'ai tout tenté pour me sevrer du jeu et, le jour où j'ai craqué, j'étais certain que la rechute serait exceptionnelle et sans lendemain. Mais j'ai perdu. Il fallait que je me refasse. Alors j'ai rejoué, et j'ai perdu davantage. Jusqu'à être tellement dans le rouge que j'ai emprunté dans la caisse du Pangalos, très provisoirement, et…

— Oh ! bon sang, Mark… Pourquoi ne m'as-tu rien dit ?

Consternée par ce récit, Eleanor n'avait pas besoin que son frère le poursuive. Elle connaissait la chute – toujours la même avec les personnes atteintes d'une addiction aussi sévère.

La maladie de Mark était aussi grave qu'une dépendance à une drogue dure ou à l'alcool. Il fallait le faire soigner.

— Je… J'étais certain que la chance allait tourner, insista-t-il d'un ton piteux. Et, au contraire, ça a été le fiasco. Grand-père avait raison. Je ne suis pas digne de m'occuper des affaires qu'il a brillamment tenues, et c'est toi la plus compétente, la plus fiable.

Eleanor sentit les larmes lui monter aux yeux.

— Mark…

— Le pire, enchaîna son frère avec amertume, c'est que j'ai vraiment cru tout arranger le soir où on m'a présenté un entrepreneur grec à une soirée. Nous avons longuement discuté du marché touristique, et puis de la vie en général, enfin de tant de choses que j'ai fini par lui avouer que j'avais un problème de trésorerie, et Jace s'est montré très compréhensif.

La gorge sèche, Eleanor répéta d'une voix blanche :

— Jace ?

— Oui, Jace Zagorakis. Il est à la tête d'un groupe immobilier, Zagorakis International, qui a des parts dans une chaîne hôtelière, Persée. Tu en as entendu parler ? Il est assez connu en Grèce.

— Vaguement, lâcha-t-elle, le souffle court.

— Eh bien il m'a proposé de me faire un prêt pour que je rembourse le Pangalos. Une offre pareille, c'est un signe de bonne fortune, et j'ai préféré miser…

Fermant les yeux, elle se mordit la lèvre afin de réprimer un profond soupir.

— Combien as-tu perdu ? demanda-t-elle d'un ton aussi neutre que possible.

Un bref silence pesa sur la ligne.

— Tout.

Pas de critique, pas de reproche. Cela ne servirait à rien. Garder la tête froide et rester dans le concret, s'enjoignit-elle, conjurant la peur qui s'engouffrait en elle.

— Il n'y a donc pas de quoi payer nos dettes ?

— C'est-à-dire que, euh... C'est pire que ça. Zagorakis me demande de lui rembourser l'intégralité de ce que je lui dois et menace de me traîner au tribunal si j'y manque. En tant que directeur général, je suis également responsable des dettes du Pangalos, à commencer par cette fameuse taxe non soldée. Je risque la prison pour évasion fiscale.

Si la jeune femme n'avait pas été assise dans le fauteuil directorial du grand bureau, au Pangalos, elle serait tombée par terre. Son sang venait de se figer dans ses veines, et elle ne sentait plus ses jambes.

— Je t'ai appelée pour me montrer complètement honnête avec toi, Eleanor, dit Mark d'une voix si sombre qu'elle frissonna. J'ai vraiment pensé à en finir. Au moins, j'aurais retrouvé maman et papa.

Le cœur d'Eleanor se fendit.

— Ne dis pas ça, je t'en prie...

— Ils me manquent toujours, coupa Mark.

— Je sais, murmura-t-elle avec douceur. À moi aussi.

À la mort de leurs parents, la petite dernière, Lissa, avait bénéficié des meilleurs soins et de l'attention du reste de la famille. Eleanor s'était retranchée dans sa solitude familière, et Mark avait changé. Le chagrin avait fait de lui un adolescent difficile, toujours en colère. La nuit, depuis la chambre voisine, Eleanor l'entendait souvent pleurer. Elle avait envie d'aller le voir, de tenter de le consoler, mais elle n'osait pas. Personne n'était jamais venu apaiser la détresse de son grand frère.

— Je vais trouver une solution pour le Pangalos, assura-t-elle.

Laquelle ? Elle n'en avait aucune idée. Mais il fallait

empêcher Mark de croire que cet échec était la fin du monde.

— Maintenant, ajouta-t-elle, écoute-moi. Je veux que tu prennes soin de toi. Où es-tu ?

— En Irlande.

Il lâcha un très long soupir avant de poursuivre :

— Là où on a passé les dernières vacances avec papa et maman. Tu te souviens, les nuits dans les étables et les excursions à cheval tous les jours ?

Elle secoua tristement la tête.

— Non, parce que je n'étais pas avec vous. C'était juste avant mon opération, je portais encore mon corset.

Le cœur lourd, elle se rappela avoir par mégarde surpris ses parents en train d'évoquer les difficultés d'un tel séjour avec leur fille handicapée et leur soulagement lorsqu'elle avait elle-même proposé de rester chez ses grands-parents. Mark et Lissa l'avaient rejointe, après ces vacances irlandaises, pendant que leurs parents s'offraient un voyage à deux au Sri Lanka… Il y avait plusieurs semaines qu'elle ne les avait pas revus quand ils étaient morts.

Décidément, cette maudite scoliose avait profondément affecté sa jeunesse et ses relations avec chaque membre de sa famille. Mais, aujourd'hui, Mark avait besoin de son aide, et elle ferait tout pour les sauver, lui et le Pangalos.

5.

Après avoir fait jurer à son aîné de trouver un soutien médical et psychologique adéquat, Eleanor mit fin à la communication et, entre désespoir et colère, reporta son attention sur les chiffres terrifiants qu'elle avait sous les yeux.

Comme si le désastre n'était pas complet, il fallait ajouter à la dette du Pangalos celle dont Mark était redevable en son nom. En temps normal, grâce à la structure du groupe, elle pouvait éponger l'arriéré d'un hôtel en puisant dans les fonds de l'autre. Or le Francine's n'avait pas un sou en trésorerie : la fermeture et les frais de rénovation l'avaient mis à sec. L'emprunt contracté l'empêchait de miser sur un nouveau soutien bancaire.

Certes, les réserves de Gilpin Leisure lui permettraient de payer le personnel et d'honorer l'essentiel des factures en attente, mais restaient la taxe colossale et le montant à six chiffres que Mark devait à Jace.

Quel monstre ! Eleanor n'était pas dupe, la rencontre de son frère avec le milliardaire lors de cette soirée n'avait évidemment rien de fortuit ! Manipulateur jusqu'au bout des ongles, Jace avait usé de tout son charisme pour gagner la confiance de son frère et l'attirer dans son piège – exactement comme avec elle.

En vain, Eleanor avait cherché un alibi à tant de machiavélisme. Mais rien, dans les papiers archivés par son grand-père, n'étayait l'accusation de Jace : Dimitri Zagorakis avait effectivement vendu ses parts du Pangalos à Kostas, lors d'une transaction en bonne et due forme, validée par leurs avocats respectifs.

Malgré elle, elle sentit la panique la gagner : l'heure était grave, et elle était claquemurée depuis deux jours à présent dans le bureau de Mark, à éplucher tous les comptes et les vérifications des inspecteurs, sans trouver d'issue. Sans doute avait-elle besoin d'air.

Elle se leva et ouvrit la fenêtre. La direction se situait au dernier étage, dominant le bâtiment principal et les villas privées qui composaient le domaine, le long de la plage privée – la plus belle de Sithonie, avec son sable blanc à perte de vue, ses eaux turquoise idéales pour nager, sa terrasse si réputée pour le confort des chaises longues et le talent des barmen qui préparaient des cocktails extravagants.

Pappoús était extrêmement fier de la perle à cinq étoiles qu'il avait créée ici mais, si Eleanor ne trouvait pas de solution rapide, la mise en liquidation serait inévitable. La culpabilité lui laissait un goût amer au fond de la gorge. Elle aurait dû se montrer plus vigilante vis-à-vis de son frère. Au fond, si elle lui avait donné carte blanche en dépit de ses antécédents, c'était parce qu'elle voulait retrouver sa confiance et son amour.

Découragée, elle retourna à son bureau et contempla la carte de visite de Jace. Avec une arrogance folle, elle avait juré ses grands dieux qu'elle ne l'appellerait jamais, et… Oh bon sang, l'idée d'être contrainte à le faire la révoltait ! Hélas, quelle autre option lui restait-il ? Sa seule échappatoire, c'était de convaincre Jace de lui accorder un échéancier.

Son cœur se mit à battre avec force lorsqu'elle composa

le numéro. Une voix féminine lui répondit, aimable et efficace.

— Oui, je peux vous donner un rendez-vous rapidement. Je regarde son agenda… M. Zagorakis peut vous recevoir demain à 17 heures, mademoiselle Buchanan. Il a précisé qu'il s'attendait à votre appel.

Eleanor grinça des dents. Elle se représentait très bien le large sourire autosatisfait de Jace et, en raccrochant, elle se sentit si furieuse qu'elle claqua la porte du bureau derrière elle.

De toute urgence, elle avait besoin du ciel bleu et de la douceur de l'air pour se calmer… En traversant le grand hall, elle aperçut son reflet dans la vitrine de la boutique de vêtements de luxe, et elle pila tout net. Était-ce bien elle, cette silhouette morne d'institutrice trop rigide ? Sa jupe était trop longue, son cardigan injustifié, même si elle avait tendance à être trop sensible à la climatisation… Lissa n'avait pas complètement tort, constata-t-elle, dépitée.

« Un moineau qui se fond dans le décor. »

Les mots cruels de Jace firent écho à la remarque de sa sœur, et elle maudit les larmes qui lui piquaient les yeux.

Mais elle se sentait prête à agir. Depuis que la responsabilité du groupe lui était tombée dessus, elle n'avait pas eu une seconde à elle. Jamais elle ne s'était accordé un instant pour se bichonner, pour prendre soin de son apparence. À quand remontait sa dernière séance de shopping ? Son dernier rendez-vous dans un salon de coiffure ?

Un subit accès de fierté se rua dans ses veines, comme une décharge d'adrénaline. Elle n'était ni un moineau sans couleur ni un individu inexistant dans le décor. Elle dirigeait un groupe, elle pilotait sa propre montgolfière, et elle se sentait prête à livrer toutes les batailles qu'il faudrait pour laver l'honneur de son frère et remettre le Pangalos à flot !

Bien décidée à s'offrir une toute nouvelle armure, elle poussa la porte de la boutique.

— Tu te souviens des fêtes dans la salle de bal, Jace ?

— Bien sûr.

Jace sourit à sa mère.

— Chaque semaine, papa et toi organisiez une soirée en l'honneur des clients qui s'apprêtaient à rentrer chez eux après leur séjour.

Ses parents offraient le repas en remerciement à ceux qui avaient choisi le Pangorakis. C'était aussi une façon de les fidéliser, de les inciter à revenir l'année suivante, selon son père.

— Les enfants s'amusaient tellement ! renchérit sa mère. Ce que j'aimais le plus, c'étaient leurs visages pleins de joie.

Elle lâcha un soupir et enchaîna :

— Oui, nous avons connu des temps heureux avant de perdre l'hôtel. Ton pauvre père n'a jamais su s'y résoudre. J'aimerais tellement…

Elle ne termina pas sa phrase. Jace se pencha vers le divan où sa mère était allongée. Elle passait désormais le plus clair de ses journées ici, sous la superbe verrière de l'orangerie, dans sa villa de Thessalonique.

— Qu'est-ce que tu aimerais, maman ? s'enquit-il.

— Y retourner juste une fois… Avant de quitter ce monde.

— Ne sois pas si pressée. L'oncologue pense que tu peux encore vivre plus d'un an.

Il s'efforçait de prononcer ces paroles avec un optimisme qui pourtant lui faisait défaut, car le cancer risquait de se propager.

D'un geste délicat, il prit la main si frêle de sa mère pour la porter à ses lèvres, puis déposa un baiser d'une infinie tendresse sur ses doigts osseux. Ses pauvres mains avaient frotté tant de sols après la mort de son père : elle s'était tuée à la tâche pour les faire vivre, tous les deux.

Son ressentiment envers Kostas se ranima, injectant une dose de poison dans ses veines. Pourtant, il touchait au but. Il était sur le point de venger Dimitri, de récupérer le Pangalos.

— Très bientôt, promit-il, je t'emmènerai au Pangalos, et nous le rebaptiserons le Zagorakis. Cela te ferait plaisir, maman ?

— Voyons, que dis-tu là… Comment pourrais-tu faire ça ? Kostas…

— … est mort, interrompit-il. Et, aujourd'hui même, je compte signer un accord au terme duquel l'établissement nous sera restitué.

Il sourit en songeant à Eleanor. Elle était acculée. Dos au mur, elle n'aurait pas le choix : pour sauver la peau de son frère, elle devrait lui rétrocéder la moitié du capital du Pangalos.

Jace était parfaitement conscient qu'elle se tournait vers lui en désespoir de cause. Si elle demandait à le voir, cela signifiait qu'elle n'avait trouvé aucune solution, aucune possibilité d'emprunt ailleurs – elle était à sa merci. Intérieurement, il jubilait. Récupérer cet hôtel avait été son principal objectif en tant qu'adulte, il en rêvait depuis des années et des années !

Aussi, rien ne viendrait ternir sa victoire ni altérer son sentiment de satisfaction. Pas même les reproches dont l'avait accablé Eleanor Buchanan le jour de leurs retrouvailles à Oxford. Certes, il avait du mal à oublier la dureté de ses paroles, la gravité de ce dont elle l'accusait : trahison, mensonge, manipulation… Elle le dépeignait comme un intrigant machiavélique et sans scrupule.

Ce portrait au vitriol était en grande partie injustifié. Il n'avait jamais promis l'amour à une femme, pas davantage à Eleanor qu'à une autre. En revanche, il avait senti une formidable attirance entre eux, une alchimie assez puissante pour leur assurer un mariage réussi… durant un certain temps.

Sourd à la voix de sa conscience, il voulut oublier ce dernier tête-à-tête avec la jeune femme pour accorder toute son attention à sa pauvre mère.

— Tu es un bon fils, Jace, dit cette dernière. Quand on t'a envoyé en prison, j'ai pleuré chaque nuit, parce que je n'avais pas les moyens de payer un avocat pour te sortir de cet enfer.

La mâchoire de Jace se serra. En dépit des années écoulées depuis, il ne se remettait pas d'avoir été désigné comme un criminel et condamné à cause des mensonges d'un homme puissant. Ce qui lui était arrivé ressemblait un peu aux déboires de son père, lorsque Kostas avait corrompu des avocats pour prendre le plein contrôle du Pangorakis. Le sort s'acharnait donc à dessiner des répétitions dans la trajectoire de sa famille, et aujourd'hui, alors que Jace allait enfin se réapproprier le Pangalos, il fallait que sa mère soit pratiquement mourante. Quel destin…

— Je me suis fait justice, maman, répondit-il. Le succès de mes affaires m'a rendu si riche que tu n'auras plus jamais à t'inquiéter pour moi.

— Bien sûr que je m'inquiète pour toi, répliqua-t-elle. Quand je ne serai plus là, tu seras seul. J'aurais voulu vivre assez longtemps pour te voir marié, installé avec une femme que tu aimerais et qui t'aimerait autant que nous nous sommes aimés, ton père et moi.

— Eh bien qui sait ? Nul ne peut deviner ce que l'avenir nous réserve, répondit-il avec prudence et diplomatie.

Il n'allait tout de même accabler la malheureuse en lui révélant qu'il ne croyait pas à ces fables, qu'il n'avait jamais été romantique et qu'il ne le deviendrait jamais.

Une fois dans sa vie, il s'était persuadé qu'il tombait amoureux… Et en lui renvoyant sa proposition en pleine face, Katerina lui avait permis d'y voir clair. Ses parents avaient partagé quelque chose d'unique et de rarissime. Quelque chose qu'il ne connaîtrait jamais – et cela ne lui manquait pas.

Cependant il s'en voulait de ne pas arriver à rassurer sa mère. Il voulait qu'elle puisse s'en aller en toute quiétude : s'il contribuait à rendre son agonie plus pénible, il ne se le pardonnerait pas.

Une étrange image s'imposa à lui. L'année précédente, si ses fiançailles avec Eleanor avaient duré plus d'une demi-journée, sa mère l'aurait rencontrée. Or il avait la conviction que la timide et ravissante Anglaise lui aurait plu. Il les voyait très bien, l'une près de l'autre, souriantes, occupées aux préparatifs de la noce…

Agacé par le tour que prenaient ses pensées, il secoua la tête. À quoi bon revenir sur ce qui n'avait pas eu lieu ? Il embrassa sa mère et alla avaler une tasse de café dans la cuisine.

Avant de partir pour ses bureaux, il échangea quelques mots avec Anna, l'infirmière.

— Essayez de lui faire avaler quelque chose. Il faut absolument qu'elle reprenne des forces.

— Oui, je vais faire de mon mieux, assura-t-elle. Mais c'est difficile. Elle n'a pas d'appétit.

Le constat de cette soignante d'âge mûr, qui ne manquait pas d'expérience auprès de personnes en fin de vie, assombrit sa matinée. Un retour triomphal au Pangalos rendrait un peu de joie de vivre à sa mère, il n'en doutait pas, et il avait hâte de signer son accord avec Eleanor.

Au fil des heures, son impatience grandissait. Au diapason de ses humeurs, l'air se chargeait d'électricité, conformément au pronostic de la météo qui annonçait de très violents orages.

Peu avant 17 heures, de gros nuages s'amoncelaient déjà dans un ciel obscurci quand il reçut un appel d'Anna. Sa mère venait de faire une chute dans le jardin.

— Rien de cassé, elle ne souffre que d'ecchymoses, mais elle est très secouée et demande à vous parler sur-le-champ…

— Bien sûr, passez-la moi, répliqua Jace, effondré.

Il ne manquait plus que ça ! Avec son ossature si frêle, si fragile…

— Monsieur ? Mlle Buchanan est là, annonça son assistante en passant la tête par la porte.

— Oui, faites-la patienter quelques instants, répliqua-t-il avant d'entendre la voix affaiblie de sa mère dans le combiné.

6.

— Oh ! Jace, je suis si maladroite, je ne te cause que des soucis… Mais je ne t'ennuierai plus longtemps.

Fermant les yeux, Jace poussa un profond soupir.

— Ne dis pas des choses pareilles, maman.

— Toi et moi, nous savons bien que c'est la vérité. Je vais mourir, et ce qui me brise le cœur, c'est l'idée que je n'aurai jamais connu celle qui partagera un jour ta vie. Ce serait moins difficile de quitter mon fils si je le savais heureux auprès de la femme qu'il a choisie…

Au prix de laborieux efforts, Jace finit par trouver les mots justes pour apaiser les angoisses de sa mère. Au moment où il raccrocha, il songea encore que, s'il avait épousé Eleanor quelques jours après leur escapade à Paris, sa mère aurait eu l'esprit en paix pour quitter ce monde. Certes, avant de découvrir qu'il convoitait le Pangalos, la charmante Anglaise brûlait d'impatience de l'épouser, mais comment diable revenir en arrière ?

Il soupira. Était-ce possible ? Existait-il un moyen de la faire changer d'avis ? Accablé, il baissa les yeux sur sa montre et s'aperçut qu'une bonne demi-heure s'était écoulée depuis que son assistante l'avait averti de l'arrivée de sa visiteuse.

Il se leva, passa dans le bureau adjacent et leva un regard interrogateur vers Rena.

— Mlle Buchanan est partie il y a cinq minutes, lui

apprit-elle. Je lui ai expliqué que vous étiez malencontreusement retenu, mais elle a répondu, je la cite, qu'elle refusait de « jouer à ce petit jeu ».

Étouffant un juron, Jace prit l'ascenseur et appuya sur le bouton du rez-de-chaussée. Une nouvelle fois, elle se dérobait ! Il sentait renaître en lui la fureur incendiaire qu'il avait éprouvée à Paris, lorsque le concierge l'avait averti que sa fiancée était partie.

Ce genre de disparition subite le mettait hors de lui, le livrant à une panique indomptable. Il revivait le même sentiment d'abandon qu'à la mort de son père : seul, face à des questions sans réponse, il était enfermé de force dans un purgatoire sans fin. Il ne lui restait qu'à méditer sur la brièveté des moments de bonheur, dans un monde absurde où chaque être humain semblait vouloir un jour lui faire faux bond…

Lorsqu'il parvint dans le hall, son dernier espoir s'évanouit : il n'y avait personne, à l'exception de la réceptionniste derrière le guichet de l'accueil.

Eleanor était partie. *Theos*.

Il aurait mis sa main au feu qu'elle avait désespérément besoin de lui. Visiblement, il s'était réjoui trop vite.

S'était-elle trouvé un riche amant qui proposait de payer les dettes de son frère ? Et, si c'était le cas, pourquoi, au lieu de penser au Pangalos, ne voyait-il que l'image insupportable d'un homme attirant Eleanor entre ses bras ? Pourquoi son sang se mettait-il à bouillir ?

Il avisa tout à coup une silhouette féminine qui émergeait des toilettes et se dirigeait vers la porte à tambour. Ses talons aiguilles claquaient sur le marbre. Une robe rouge et courte virevoltait autour de ses cuisses fuselées, révélant son interminable paire de jambes, et sa chevelure, d'un châtain clair lumineux, dansait au niveau de ses épaules. Quelque chose, dans sa démarche, lui parut familier, mais il était impossible que…

Elle allait sortir.

— Attendez ! cria-t-il en accélérant l'allure pour la rejoindre.

En parvenant juste derrière elle, il lui saisit le bras et, aussitôt, elle fit volte-face.

— Eleanor ? murmura-t-il, stupéfait par sa métamorphose.

Cette sirène en rouge, véritable femme fatale, ne ressemblait guère à la charmante petite souris qu'il avait retrouvée à Oxford cinq jours auparavant.

— Qu'est-ce qui te donne le droit de poser la main sur moi ? asséna-t-elle en le fusillant du regard. Pour qui te prends-tu ?

Sidéré, il contempla ses grands yeux noisette, ses longs cils noirs, sa bouche au rouge pur et identique à celui de sa robe. Les effluves d'un parfum ensorcelant chatouillèrent ses narines, tandis qu'il s'efforçait de ne pas trop admirer sa poitrine ronde moulée dans le corsage…

Fatale, pensa-t-il. C'était le mot juste. Et à mille lieues de la jeune fille qu'il avait courtisée sans se douter un instant qu'elle pouvait être aussi sexy.

Raison de plus pour reprendre ses esprits.

— Alors tu es prête à tout perdre ? s'enquit-il d'un ton hautain. Le Pangalos pour toi, la liberté pour ton frère ?

D'un coup d'œil cinglant, elle lui exprima tout son mépris.

— Mon frère est malade. Le jeu est une dépendance reconnue médicalement comme une pathologie, tu le sais très bien. Il ne peut pas la contrôler. Quel genre de pervers prête des sommes astronomiques à un joueur invétéré dans le but de le mettre à sa merci ? Tu aurais tout aussi bien pu lui offrir une corde pour se pendre.

La voix de la jeune femme tremblait sous l'effet conjugué de la douleur et de la rage, et il lutta contre la culpabilité.

— J'ignorais que sa passion du jeu était compulsive, répondit-il avec sincérité. J'ai cru qu'il vivait au-dessus de ses moyens, rien de plus. Comment as-tu pu lui confier le Pangalos, puisque tu savais qu'il souffrait d'un problème de cet ordre ?

— Je pensais qu'il l'avait réglé. Je ne mesurais pas la gravité de son addiction. Mon frère a besoin d'être aidé, et non d'être traîné au tribunal !

Jace haussa les épaules.

— Eh bien, si tu veux le sauver, viens. Monte avec moi dans mon bureau, qu'on en discute.

Elle le dévisageait avec une expression de dégoût qui aurait dû décupler sa rage. En fait, il la trouva séduisante en diable. Si toute cette passion se déchaînait dans une chambre... Sa libido se réveilla, aussi ardente que l'année précédente. Oui, depuis un an il n'avait éprouvé aucun désir d'une telle force.

Soudain, une idée lui vint. Une idée géniale. Le plan parfait pour faire d'une pierre deux coups, venger son père tout en exauçant le souhait de sa mère, germa dans son esprit.

— Je suis certain que nous allons trouver un accord satisfaisant pour l'un comme pour l'autre, conclut-il d'un ton sirupeux.

En emboîtant le pas de Jace pour entrer dans son bureau, Eleanor songea aux contes qu'elle lisait quand elle était petite. Elle pénétrait dans la maison de l'ogre de son plein gré... La secrétaire avait été incapable de masquer sa curiosité, lorsque son patron lui avait déclaré qu'il ne devrait être dérangé « sous aucun prétexte » durant son entretien avec Mlle Buchanan.

Il lui désigna un fauteuil, et elle s'installa en tirant

discrètement sur les pans de sa robe pour couvrir, tant bien que mal, le haut de ses cuisses. Changer de style était une chose, l'assumer se révélait plus compliqué. Plusieurs fois au cours de la journée, elle avait trébuché sur ses talons de dix centimètres. Ses cheveux plus courts et lâchés librement lui donnaient la sensation bizarre d'avoir un poids en moins au niveau de la nuque : disparu, le chignon auquel elle était habituée depuis des années.

Le plus déstabilisant, c'était la conscience aiguë et permanente de sa toute nouvelle féminité, qui allait de pair avec la sensualité. Même s'ils n'avaient jamais fait l'amour, Jace et elle, leurs baisers enfiévrés avaient souvent donné lieu à des caresses très osées, des esquisses de préliminaires, et en se retrouvant en face de lui, dans son immense bureau, elle avait du mal à contenir les pensées qui l'assaillaient. Par exemple, le souvenir de ses mains errant sur ses seins. De son regard intense quand il happait furieusement sa bouche. De ce qu'elle éprouvait alors... En cet instant, des sensations troublantes faisaient monter sa température.

— Tu as changé de style, observa-t-il d'un ton appréciateur. Cela te va très bien.

Mal à l'aise, elle évita son regard insistant et rétorqua :

— Tu ne tiens probablement pas à gâcher ton temps si précieux à discuter de mon apparence.

Fronçant les sourcils, il reprit :

— À ta guise. Je suppose que tu es venue me prier de patienter pour le remboursement de la dette de ton frère ? Ma réponse est non.

— Oh ! écoute... J'ai besoin de trois mois pour remettre de l'ordre dans les finances du groupe, et je serai alors en mesure de te régler une bonne partie de ce qu'il te doit. Tu peux attendre trois mois, n'est-ce pas ?

Jace n'était pas aux abois. Le recouvrement de cette somme ne relevait nullement d'une urgence, pour lui.

— J'ai attendu vingt ans pour récupérer ce que Kostas a volé à ma famille, répondit-il en plantant son regard froid dans le sien.

Un regard de vautour sans âme. Eleanor étudia son visage sévère et se demanda comme elle avait pu être assez stupide pour tomber sous le charme d'un homme d'affaires aussi inhumain. Décidément, le vieux proverbe ne mentait pas : l'amour était aveugle.

Elle perçut elle-même un accent de défaite dans sa voix en l'interrogeant :

— Tu veux la moitié du Pangalos ? C'est ça ?

Il acquiesça en silence puis, lentement, esquissa un sourire mystérieux qui n'annonçait rien de bon. Vaguement inquiète, elle retint son souffle.

— Oui, mais ce n'est pas tout, précisa-t-il. Les enchères ont monté.

— C'est-à-dire ? Que veux-tu d'autre ? s'enquit-elle d'un ton soupçonneux.

— Le mariage. Je veux que tu m'épouses.

Jace la contemplait d'un regard si velouté, si caressant, en prononçant ces paroles, qu'Eleanor en resta paralysée une longue minute. Le mot « mariage » venait de tomber sur son cœur comme une goutte d'eau sur une pierre brûlante.

Refusant de se laisser désarçonner par la fourberie de ses tactiques, elle domina sa faiblesse en partant d'un rire nerveux.

— J'ai nettement préféré ta première demande, lâcha-t-elle, moqueuse. Paris était plus romantique, la bague plus convaincante.

Une flamme d'admiration se mit à danser dans les yeux de Jace.

— Si elle te plaît toujours, tu pourras la remettre dès que nous aurons réglé les détails de notre union, suggéra-t-il.

La plaisanterie avait assez duré, et Eleanor ne pourrait pas dissimuler longtemps combien il la blessait.

— Ça suffit, trancha-t-elle. Je ne t'épouserai jamais. Même si l'avenir de l'espèce humaine en dépendait.

— Ah. Dans ce cas, j'espère que ton frère appréciera la cuisine en milieu carcéral.

— Ne me menace pas ! s'écria-t-elle en le foudroyant du regard, tandis qu'une saine colère l'envahissait.

Imperturbable, il répondit d'une voix égale :

— Regarde la situation en face, Eleanor. Je suis en mesure de briser l'avenir de Mark et de pousser la mise en liquidation du Pangalos. À partir de là, des huissiers, un commissaire aux comptes et des avocats prendront la direction de l'hôtel, et leur seule priorité sera le règlement des impayés. Je pourrai alors aisément détenir non pas cinquante mais cent pour cent de l'affaire.

Eleanor pâlit. Elle avait suivi des études de commerce et n'avait pas oublié ses cours en matière de liquidation. Lorsque la procédure judiciaire était lancée, rien ne l'arrêtait, et la convoitise des concurrents agissait comme de l'huile sur le feu. Elle sentit une vague nausée remonter le long de son œsophage.

— Pourquoi n'as-tu pas lancé cette offensive il y a un an, au lieu de t'infliger le scénario de la cour assidue et des fiançailles ?

Il haussa les épaules, attirant son attention sur son impressionnante musculature, sous le somptueux costume anthracite. Un jour, Jace lui avait dit qu'il avait commencé en tant qu'ouvrier sur des sites de construction. Elle en déduisait qu'il s'y était forgé cette carrure d'athlète.

— Parce qu'il y a un an ton frère n'avait pas criblé l'hôtel de dettes… Si nous nous marions, je deviens propriétaire à cinquante pour cent, soit la part originelle de mon père avant la trahison de Kostas.

— Et tu es prêt à te marier uniquement par calcul ? Pour un motif aussi cynique ? rétorqua-t-elle, ébahie par son obstination.

Il leva les yeux au ciel d'un air dédaigneux.

— En tout cas, il ne me viendrait pas à l'esprit de me marier par sensiblerie ou par goût des rubans roses et des petits oiseaux. Cependant ma mère est une incorrigible romantique et ne songe qu'à une chose : me voir marié avant de mourir.

Intriguée par le changement de tonalité de sa voix, Eleanor demanda prudemment :

— Pourquoi ? Elle est malade ?

Il hocha la tête.

— Les médecins lui accordent six mois, peut-être un an, confirma-t-il.

— Oh. Je suis navrée de l'apprendre. Mais je ne saisis pas ce que ta mère trouverait de réjouissant à un mariage sans amour…

— L'an dernier, rappela-t-il, tu as accepté ma demande parce que tu étais amoureuse de moi.

Comme elle sentait ses joues flamber, elle protesta avec vigueur :

— Quoi qu'il en soit, aujourd'hui, je ne le suis pas ! Sois-en certain.

— Parfait, dit-il froidement. Tenir les sentiments à distance va nous simplifier les choses, durant notre mariage.

— Non, décréta-t-elle. Je ne vais pas t'épouser, Jace.

Paniquée, elle tourna les yeux vers la porte, prête à se lever. Cinq minutes en présence de cet homme suffisaient à enflammer le désir qu'elle croyait définitivement éteint. Un désir qu'elle n'avait jamais ressenti pour un autre que lui.

Son sang fusait dans ses veines, tel un fleuve furieux,

faisant grimper sa fièvre. Sous la soie de sa robe, ses seins gonflaient, ses tétons durcissaient. Un volcan entrait en éruption au niveau de son bas-ventre… Il fallait qu'elle s'en aille ! D'un bond, elle fut debout.

— Pourquoi pas ? s'enquit-il, une note amusée dans la voix.

— Tu plaisantes ? Il existe un million de bonnes raisons pour que je refuse d'être ta femme.

Visiblement très fier de lui, il s'enfonça dans son fauteuil, un large sourire aux lèvres.

— Moi, je ne vois que les deux excellentes raisons que tu as d'envisager sérieusement ce mariage : la liberté de ton frère et le Pangalos.

Elle frémit, mais lui décocha un regard de défi.

— Je trouverai l'argent. Il existe bien un moyen de payer ce que doit Mark sans que je sois contrainte de convoler avec un homme qui ne m'inspire que mépris.

— Tu sais aussi bien que moi que je suis ton seul espoir, puisque vous êtes mes débiteurs. Maintenant, assieds-toi, Eleanor, et écoute-moi attentivement.

Désarçonnée par son autorité, elle s'exécuta sans mot dire.

— Ce que je me prépare à t'offrir est un marché honnête et transparent, enchaîna-t-il. Tu m'épouses, et l'ardoise de ton frère est effacée. De plus, j'éponge le passif du Pangalos, factures, taxe et cætera. Un contrat de mariage stipule que je deviens copropriétaire de l'hôtel et, après la mort de ma mère, à notre divorce, chacun d'entre nous repart avec cinquante pour cent du capital.

— C'est de la folie, murmura-t-elle, songeant qu'elle avait été encore plus insensée, un an plus tôt, en se préparant à l'épouser sans aucune contrepartie.

— Il y a autre chose, reprit-il. Ma mère ne doit pas savoir que tu es la petite-fille de Kostas. Elle ignore tout à ton sujet, et le nom de ton père, Buchanan, ne lui évoquera rien : il n'y a aucune raison pour qu'elle fasse le rapprochement entre le Pangalos et toi.

Eleanor fronça les sourcils.

— Qu'est-ce que tu es en train de me dire ? Tu voudrais que ta mère s'imagine que nous allons nous marier pour des raisons, euh, normales ? Oh ! bien sûr, tu as été assez rusé pour me rouler dans la farine : tu pourras peut-être la convaincre que tu es un homme amoureux mais, en ce qui me concerne, je n'ai pas l'intention de faire comme si tu étais mon prince charmant !

Cette fois, elle se leva et alla tout droit à la porte mais, avec la détente d'un jaguar, Jace se précipita devant elle pour lui barrer le chemin.

Une main sur la porte, il la détailla d'un long regard scrutateur.

— C'est un nouvel homme dans ta vie qu'il faut féliciter de ton changement vestimentaire ? Tu t'habilles comme ça pour plaire à ton petit ami ?

— Je m'habille pour me plaire *à moi*, asséna-t-elle, glaciale. Et, bien que ma vie privée ne te concerne en rien, est-ce que tu consentiras enfin à oublier cette absurde idée de mariage si je te dis que, oui, je suis avec quelqu'un ?

Il ne parut guère troublé.

— Non, avoua-t-il. Parce que rien ne nous empêchera, contractuellement, de conserver une certaine liberté. Je te prierai seulement d'être discrète, comme je le serai de mon côté.

Il n'était pas question qu'elle pleure devant lui et, comme un douloureux picotement gagnait ses yeux, elle rassembla toutes ses forces pour ravaler son sanglot. Elle avait cru être immunisée contre sa cruauté. Naïvement, elle pensait qu'aujourd'hui rien de ce qu'il dirait, rien de ce qu'il ferait ne serait pire que ce qu'il lui avait infligé l'année précédente.

Or son absence totale d'humanité la cinglait avec la violence d'un fouet. En même temps, elle se sentit plus déterminée que jamais à dompter l'attirance physique qu'il exerçait sur elle. Elle avait même envie d'apprendre à lui renvoyer une indifférence aussi glaciale, aussi cruelle que celle qu'il lui infligeait. *Si* elle acceptait son offre...

— Il s'agirait donc d'un mariage de papier ? Une simple tractation ? demanda-t-elle.

— Ma foi, tu fixeras les limites de notre relation à ta convenance, et je l'accepterai.

Eleanor fronça les sourcils. Il lui jouait encore l'un de ses tours redoutables : si elle incluait la dimension sexuelle à leur mariage, il aurait la satisfaction de ne la rejoindre dans le lit conjugal que par « devoir » ! Quelle humiliation...

— Je suppose que ton petit ami est un citadin qui a fait de brillantes études supérieures ? Banquier d'affaires à la City, ou sur le point de soutenir son doctorat dans l'un des prestigieux *colleges* d'Oxford ?

Il se mit à glousser méchamment, et poursuivit :

— Dans ce cas, il ne risque pas de satisfaire ta nature passionnée, *omorfía mou* !

— Tu es infect ! s'exclama-t-elle. Tu as oublié que je parle grec et que j'ai entendu toutes tes réflexions méprisantes à mon sujet, quand tu te confiais à ton ami. Je sais ce que tu penses réellement de moi. Réserve tes flatteries à une autre, s'il existe une malheureuse capable de croire un seul mot qui sort de ta bouche.

Elle le détestait, elle le haïssait, mais hélas son corps refusait de recevoir le message que lançait son cerveau.

— Ce que nous avons vécu tous les deux était bien réel ! gronda-t-il en lui décochant un regard courroucé.

— C'était de la comédie ! insista-t-elle, écœurée.

— Et en ce moment ? Tu crois que c'est de la comédie ?

Dos à la porte, elle était prise au piège : penché vers elle, il bloquait l'ouverture de ses bras tendus, lui infligeant l'ivresse de son parfum ambré, la virilité et la chaleur de son corps immense. Elle frémit, mais quand un éclair zébra le ciel sombre, qu'elle fut face au visage de Jace en contre-jour, elle trouva le courage de passer sous son aisselle.

Fronçant les sourcils, il consentit à s'écarter, et elle posa la main sur la poignée.

— Tu auras les cinquante pour cent du Pangalos mais je ne t'épouserai pas, lâcha-t-elle, le souffle court. Je recruterai un nouveau directeur pour remplacer Mark, de sorte que je n'aie plus *jamais* à te voir !

Sur ces mots, elle ouvrit la porte, traversa le couloir telle une fusée et s'engouffra dans l'ascenseur, le cœur battant à se rompre. Jusqu'à l'instant où les portes se refermèrent, elle craignit qu'il ne la rejoigne. Son soulagement fut intense lorsque la cabine s'ébranla en direction de la sortie.

7.

Afin d'éviter la circulation complexe du centre-ville avec ses sens uniques, Eleanor s'était garée dans un parking souterrain, à quelques pâtés de maisons des bureaux de Zagorakis International.

Le tonnerre grondait au-dessus de sa tête tandis qu'elle tentait d'éviter de coincer ses hauts talons entre les pavés de la chaussée, et qu'elle voyait restaurateurs et garçons de café rentrer en toute hâte leur mobilier de terrasse. Le vent soufflait, et le ciel était si sombre que forcément…

Les premières gouttes furent immédiatement suivies d'une averse digne du déluge. En quelques secondes, Eleanor fut trempée. Maudissant ses escarpins, elle se résolut à les ôter pour courir pieds nus sur l'asphalte, mais le parking était encore loin et…

— Bon sang, Eleanor ! Monte !

Un petit coupé sport métallisé venait de s'arrêter à sa hauteur et, vitre descendue, Jace la considérait d'un œil noir.

— Fiche-moi la paix ! répliqua-t-elle.

Sa voix fut étouffée par une bourrasque.

— Nom d'un chien, monte tout de suite dans cette voiture !

Le grondement de tonnerre suivant fut si terrifiant qu'elle préféra encore le ton exaspéré de Jace et se rua vers la portière.

— Attache ta ceinture, reprit-il plus posément quand

elle fut installée à côté de lui, l'eau ruisselant de son visage, de ses cheveux, de sa robe.

Elle obéit, et il remit le moteur en marche.

— Ma voiture est dans le parking tout au bout de cette rue, expliqua-t-elle.

— Tu ne pourras pas rentrer maintenant à Sithonie, répondit-il. Il y a des alertes aux inondations sur toutes les autoroutes, les accès sont fermés. Je vais t'emmener chez moi pour que tu puisses te sécher.

Elle tremblait de froid et, consternée, vit pointer ses seins sous la soie de sa robe.

Son compagnon maugréa quelque chose entre ses dents et alluma la soufflerie, dirigeant l'air chaud sur ses jambes nues.

— Qu'est-ce qui t'a pris de t'enfuir exactement au moment où l'orage éclatait ? gronda-t-il.

L'autre orage, pensa-t-elle, tandis qu'un nouveau frisson la parcourait.

— Je ne peux pas t'épouser, dit-elle avec fermeté.

— Pourquoi ? Tu refuses de considérer le mariage autrement que comme un idéal amoureux ?

Irritée par la note sarcastique dans sa voix, elle protesta :

— Il n'y a rien de mal à croire au mariage. Mes grands-parents ont formé un couple uni durant cinquante ans, avant la mort de mamie Francine. Mes parents ont été très heureux, et la seule consolation que je trouve à leur mort, c'est de savoir qu'ils étaient ensemble.

Jace lui lança un bref coup d'œil, mais elle lui fut reconnaissante de reporter son attention sur la route : il tombait des trombes d'eau, les essuie-glaces dansaient un ballet hystérique, la visibilité baissait. Circuler en voiture devenait dangereux.

— Je me souviens, murmura-t-il avec une gentillesse

qui la surprit. Tu m'as dit qu'ils avaient perdu la vie dans un accident, quand tu étais petite…

Elle acquiesça.

— Ils étaient partis fêter leurs vingt ans de mariage. Sur la plage, un touriste a remarqué que ma mère rencontrait des difficultés alors qu'elle nageait, et mon père s'est précipité à son aide. Ils se sont faits tous les deux happer par le courant, et leurs corps ont échoué sur la plage trois jours après.

— C'était déjà difficile pour moi de perdre un parent à l'adolescence, alors les deux d'un coup… J'imagine la violence du choc, dit-il avec compassion.

Touchée par son empathie, elle soupira.

— Oui. C'est pour Mark que ça a été le plus rude. Il s'entendait mal avec Pappoús, qui était un homme assez autoritaire. Mon frère et ma sœur argumentaient sans cesse…

— Toi, en revanche, tu t'entendais bien avec ton grand-père, puisqu'il a fait de toi son héritière.

— C'est vrai, je ne donnais pas dans la contestation. Je contribuais plutôt à ramener la paix.

Après avoir eu le sentiment qu'elle compliquait sans cesse la vie de ses parents à cause de son handicap, elle avait eu la satisfaction de gagner la confiance et l'affection de son grand-père, précisément parce qu'elle était une enfant calme et docile.

Parfois, elle se demandait si elle n'avait pas consacré sa vie à tenir un rôle de conciliatrice. Elle n'avait pas cherché à devenir la responsable en chef de Gilpin Leisure. Désormais, c'était pourtant à elle seule qu'il revenait de sauver son frère et le Pangalos d'une banqueroute infamante. Et à quel prix ! Épouser Jace… Mais il ne s'agirait que d'un mariage de convenance, se rappela-t-elle. Encore faudrait-il oublier leur romance passée, qui n'avait été réelle que dans son cœur à elle.

Lorsque la voiture s'arrêta devant de hautes grilles d'un bleu cobalt, elle s'extirpa de ses pensées et contempla l'allée qui menait à une superbe villa aux murs immaculés, dans le style architectural propre aux Cyclades. Malgré l'averse torrentielle, elle discerna la silhouette des différents bâtiments.

— La maison donne sur la mer de l'autre côté, expliqua Jace. Par temps clair, on bénéficie d'un panorama idéal sur la péninsule et, au-delà de la baie, on distingue même le mont Olympe. Mais, aujourd'hui, il ne faut pas y compter…

Il gara le véhicule, ôta sa veste, et la posa sur les épaules d'Eleanor avant de sortir en toute hâte pour venir lui ouvrir la portière. La jeune femme étouffa un cri dès qu'elle fut sous la pluie, et ils coururent vers la maison, fouettés par les bourrasques.

Lorsque Jace claqua la porte derrière eux, Eleanor leva les yeux sur le grand hall au sol de marbre. Au travers d'une double porte donnant sur un salon, elle aperçut une dame toute menue qui se redressait sur son divan.

— Jace ! Bonté divine, tu es rentré ! s'écria-t-elle. Aux informations, ils disent que la moitié de la région est déjà privée d'électricité et de… Oh ! tu as ramené une invitée ?

— Ne bouge pas, ordonna Jace, comme elle tentait de se lever.

Posant sa main sur l'épaule d'Eleanor, il l'entraîna dans la pièce.

— Voici ma mère, Iliana. Maman, je te présente Eleanor Buchanan. Elle est anglaise mais elle parle le grec couramment.

Eleanor était gênée de porter la veste de Jace, même si cela lui permettait de couvrir la robe qui lui collait au corps comme une seconde peau. En chemise blanche, son compagnon était presque aussi trempé qu'elle, et la transparence du tissu révélait la toison noire qui courait au-dessous de ses pectoraux…

Préférant concentrer son attention sur la vieille dame, elle s'approcha d'elle et murmura un chaleureux « *Kalispera* » en lui serrant la main. Une main osseuse, constata-t-elle, le cœur serré. Les marques de la maladie se lisaient sur les traits tirés d'Iliana, mais ses yeux noirs brillaient d'intelligence et de curiosité en se posant sur elle.

— Vous avez un très joli prénom, dit-elle.

— Merci. C'est mon grand-père qui l'a choisi.

À peine eut-elle prononcé ces mots qu'elle perçut la tension dans le corps de son compagnon. Mais il n'y avait pas de raison pour qu'elle fasse de Kostas Pangalos un nom tabou ! La prétendue querelle entre Dimitri et son grand-père n'existait que dans la bouche de Jace. Cependant, elle ne tenait guère à bouleverser davantage la vieille dame.

Un frisson la saisit, et il s'aperçut qu'elle avait froid.

— Nous pourrions dîner tous les trois d'ici une heure ? Eleanor va devoir passer la nuit chez nous, déclara-t-il en lui tendant son smartphone avant qu'elle n'ait pu protester.

Baissant les yeux sur l'écran, elle lut l'interdiction officielle de circuler et retint un soupir d'impuissance.

— L'orage ne tombera pas avant demain matin, dit-il. Suis-moi, je vais te trouver quelque chose à te mettre.

Bon sang, comment avait-elle fini dans le camp ennemi ? se demanda-t-elle en emboîtant le pas de Jace dans un grand escalier. Au premier étage, il poussa la porte d'une ravissante chambre d'amis décorée dans le même style que le reste de la villa, avec ses murs blancs et ses persiennes bleues.

— La porte du fond est celle de la salle de bains,

indiqua-t-il. Va prendre une douche pour te réchauffer, et donne-moi tes vêtements, que je les fasse nettoyer.

Comme elle lui retournait un regard ahuri, il poursuivit :

— Tu veux que je t'aide à te déshabiller ?

— Quand les poules auront des dents ! répliqua-t-elle en ignorant son rire insolent pour aller s'enfermer dans la jolie salle de bains.

Après avoir vérifié qu'il était parti, elle jeta le petit tas de soie détrempée sur le sol de la chambre puis fila sous le jet chaud et bienfaisant de la douche.

Lorsqu'elle en sortit, enveloppée de son drap de bain, elle trouva une tunique masculine étalée sur le lit. Le vêtement lui tombait au niveau des genoux, et il lui parut presque aussi sexy que ses cheveux, lorsqu'elle les eut séchés et qu'ils ondulèrent gracieusement autour de son visage… Elle ne regrettait pas sa décision radicale en matière de coiffure ! Finalement, la remarque de sa sœur avait agi sur elle un peu comme un électrochoc, et elle lui était reconnaissante de lui avoir ouvert les yeux.

Lorsqu'elle rejoignit ses hôtes au rez-de-chaussée, Jace portait un pull grège en maille fine qui mettait diablement en valeur sa musculature, et son jean noir révélait la longueur de ses jambes puissantes. Elle eut toutes les peines du monde à détacher les yeux de sa silhouette charismatique, comme ils entraient dans une grande salle à manger.

— Venez vous installer à table, Eleanor, suggéra Iliana.

Une employée poussa un chariot dans la pièce avant de les laisser, et Jace disposa deux bouteilles sur la table. Après avoir servi à sa mère un demi-verre de blanc, il tendit à Eleanor un verre de pinot noir, sans détacher son regard du sien.

Consciente qu'elle venait de virer au rouge écrevisse,

elle déglutit lentement. Il n'avait donc pas oublié qu'elle ne buvait presque jamais de vin blanc.

De l'autre côté de la table, Iliana la fixait avec un vif intérêt.

— Depuis combien de temps connaissez-vous mon fils ? s'enquit-elle.

— Euh…

— Eleanor et moi nous sommes rencontrés il y a un peu plus d'un an, intervint Jace en voyant qu'elle hésitait.

— Un an ! s'exclama sa mère, visiblement stupéfaite. Eh bien je suis ravie que mon fils me permette enfin de vous rencontrer.

Eleanor étouffa un cri, comme la manche du chemisier de la vieille dame venait de remonter sur son avant-bras, révélant un énorme hématome.

— Oh ce n'est rien, assura Liliana. J'ai glissé sur de la mousse en m'occupant du bougainvillier. De toute évidence, je perds mon agilité…

— J'emploie un jardinier pour que tu puisses profiter de la nature et du parc sans risquer de te réduire toi-même en charpie, admonesta gentiment Jace.

— Mais j'aime m'occuper… Enfin, j'admets que j'ai manqué de prudence, dit-elle.

Se tournant vers Eleanor, elle ajouta :

— Et, histoire d'aggraver mon cas, j'ai dérangé Jace à son bureau et je me suis mise à pleurer comme une madeleine…

Tandis que son fils lui répondait par un sourire complice et chaleureux, Eleanor fut saisie d'un doute affreux. Avait-il pris du retard parce qu'il rassurait sa mère au téléphone ? Oh ! bon sang. Elle était partie du principe qu'il lui imposait une demi-heure d'attente par caprice, pour le plaisir de l'humilier.

Elle se reprocha de l'avoir jugé trop vite et, malgré

ses remords, s'efforça de savourer le *stifádo*, un ragoût réconfortant servi avec des légumes fondants à souhait.

— Le bulletin d'information de ce soir a rapporté d'importantes inondations maritimes, reprit la vieille dame.

L'inquiétude gagna Eleanor. Si, en plus de tous les impayés, elle devait songer à des travaux, jamais elle ne parviendrait à sauver le Pangalos.

— J'espère que vous n'en serez pas affectée vous-même, reprit son hôtesse. Vous habitez à Thessalonique ?

— Euh non, je vis en Angleterre et, ici, je séjourne... au Pangalos, à Sithonie, finit-elle par reconnaître.

Elle n'osa pas croiser le regard de Jace après cet aveu, mais Iliana n'avait pas changé d'expression et répondit d'un ton serein :

— Il y a longtemps que je n'y suis pas allée, et j'ai entendu dire que les aménagements sont fabuleux. Mon mari a été copropriétaire de cet hôtel, et nous y avons vécu jusqu'à ce que son associé nous en chasse.

— Mon Dieu... Que s'est-il passé ? s'enquit Eleanor en ignorant le coup d'œil réprobateur de Jace.

— Le partenaire de Dimitri, Kostas Pangalos, voulait vendre le Pangorakis, expliqua Iliana. Mon mari n'avait pas les moyens de racheter cinquante pour cent du capital, et c'est alors que Kostas a prétendu détenir davantage. Il affirmait que c'était grâce à ses investissements que l'hôtel avait tant de succès. Au tribunal, ses avocats ont persuadé le juge de lui rétrocéder les deux tiers de l'affaire, et Dimitri a dû se contenter de sa petite part.

Elle lâcha un long soupir avant de reprendre :

— Ce verdict judiciaire contraignait évidemment mon mari à vendre ses parts à Kostas. Ça nous a brisé le cœur de quitter notre foyer, cet hôtel que nous adorions, l'endroit où Jace avait grandi. Nous en avons ouvert un autre, plus modeste, mais l'enthousiasme de Dimitri s'était tari. Il ne se remettait pas d'avoir été trahi par un homme qu'il considérait comme son meilleur ami. Cela n'avait pourtant rien de si surprenant : pour ma part, j'ai toujours pensé que sous les manières polies de Kostas se cachait une détermination sans foi ni loi…

— Mais, euh, il est souvent indispensable de se montrer impitoyable dans les affaires, non ? murmura Eleanor, un nœud dans l'estomac.

Elle était effarée d'apprendre ce que son grand-père avait fait. Comment douter de la sincérité de cette dame ? Impossible de la soupçonner de mensonge.

— Kostas a détruit mon mari, conclut-elle d'un ton fataliste. Quand notre deuxième hôtel a rencontré des difficultés, Dimitri a fini par se tourner, en désespoir de cause, vers son ancien ami pour obtenir un prêt. Kostas pouvait se le permettre, sa femme venait d'hériter d'un bel hôtel en Angleterre et, grâce au Pangalos, il gagnait des fortunes. Mais il a refusé. Nous avons fait faillite et, peu après, Dimitri s'est donné la mort.

— Nous n'en sommes pas sûrs, maman, intervint Jace d'un ton embarrassé. L'enquête n'a pas permis de conclure avec certitude. C'était peut-être un accident.

Iliana secoua la tête.

— Non, ton père n'a pas glissé du haut d'une falaise. Il était anéanti, et Kostas Pangalos ne serait pas plus responsable s'il l'avait poussé dans le vide de ses propres mains.

8.

Jace n'avait pas allumé et dans l'obscurité, sous la voûte en verre de l'orangerie, il regardait l'eau ruisseler sur les vitres. De temps à autre, un éclair zébrait la nuit, révélant l'amoncellement de nuages.

Il avala une gorgée de whisky. Le récit de sa mère à table renforçait son désir de récupérer le Pangalos au plus tôt. Le choc qu'il avait lu sur le visage d'Eleanor lui procurait une certaine satisfaction. La jeune femme avait réussi à dissimuler son trouble vis-à-vis de sa mère, mais lui n'était pas dupe. Elle avait une voix éteinte, lorsqu'elle les avait priés de l'excuser, prétextant une migraine pour monter dans sa chambre.

Elle ne savait pas mentir. En fait, c'était probablement la personne la plus franche qu'il ait rencontrée. Il revit son sourire intimidé, le jour où elle lui avait dit « Je t'aime. » Au lieu de savourer son triomphe à la perspective de toucher au but, il en avait éprouvé un profond malaise.

Puis, la fiévreuse passion de leurs baisers l'avait rassuré : elle se méprenait. Elle confondait l'attirance physique et l'amour… Néanmoins, il parvenait à la croire quand elle lui disait qu'aujourd'hui elle le détestait.

Un son étouffé l'incita à se retourner, et il vit Eleanor pieds nus, déambulant parmi les arbustes en pots. Dans cette tunique qui lui appartenait, elle était plus désirable encore, si c'était possible, que dans sa diabolique robe rouge. Difficile de résister à l'envie d'arracher tous ces petits boutons pour la voir nue…

— Tu n'as plus mal à la tête ? demanda-t-il d'une voix éraillée par la gêne.

Elle sursauta.

— Oh ! tu es là ? Je ne t'avais pas vu.

Il ne put déguiser son amertume.

— Je m'en doutais. À la façon dont tu es partie ce soir, j'ai cru comprendre que ma compagnie ne serait guère la bienvenue.

— Je n'arrive pas à dormir, répondit-elle d'un ton grave.

Elle observa un bref silence avant d'ajouter :

— Je suis vraiment désolée de ce que mon grand-père a fait à ta famille. Pappoús…

Sa voix se brisa.

— Je le trouvais dur mais juste, quand j'étais petite, reprit-elle lentement. Je l'aimais. Maintenant, je me demande si je l'ai vraiment connu. Comment l'homme qui m'entourait de tant de gentillesse pouvait-il être aussi celui qui a trahi ton père ?

Tristement, elle secoua la tête et conclut en levant vers lui un regard vide :

— Je comprends mieux pourquoi tu me détestes autant.

— Pas du tout, je ne te déteste pas, assura-t-il. Kostas oui, je l'ai maudit, et je tiens à rendre à mon père ce qui lui appartenait dans le Pangalos. Mais je regrette que tu te retrouves mêlée à cette vieille guerre entre deux familles, alors que tu n'y es pour rien.

Comme elle faisait quelques pas dans sa direction, il vit ses yeux briller.

— Pourquoi ne pas m'avoir tout raconté dès le début ?

Il soupira.

— C'était trop risqué. Kostas t'avait choisie pour lui succéder à la tête du groupe, et je ne savais rien de toi. Tu aurais pu avoir hérité de sa férocité. Ou être au courant de tout. Ou refuser de me restituer la part de Dimitri.

— Alors, sans même m'accorder le bénéfice du doute, tu as préféré me tromper délibérément. Faire en sorte que je tombe amoureuse de toi. C'est au moins aussi cruel que ce que Pappoús a fait.

— Kostas a détruit ma famille, répliqua Jace avec vigueur.

Du jour au lendemain, son enfance heureuse s'était évanouie. Après l'échec professionnel de son père, il y avait eu cette mort incompréhensible et révoltante, puis la faillite et les difficultés qui n'en finissaient pas, sa mère qui se tuait au travail… Lorsqu'il vit une larme perler au coin des yeux d'Eleanor, il interdit à sa conscience de le torturer.

— Tu m'as brisé le cœur, tu m'as ridiculisée, et je ne pourrai jamais te le pardonner, reprit-elle d'une voix à peine audible.

Dans le noir, son sanglot se brisa. Congédiant l'émotion qui lui retournait l'estomac, il répliqua sèchement :

— Je n'ai pas besoin de ton pardon. Seulement de ta signature au bas du contrat de mariage.

Recouvrant son sang-froid, elle le tança d'un œil noir et asséna :

— Tu n'as pas d'âme. Tu es vide en dedans.

Il sourit avec cynisme.

— Absolument. Et c'est parce que tu vois les choses ainsi que tu seras une épouse temporaire parfaite. Ne te fais aucune illusion : je ne tomberai jamais amoureux de toi.

— Je ne risque pas de commettre la même erreur, dit-elle sèchement.

Puis, elle prit une longue inspiration et le fixa d'un air indéchiffrable.

— Pendant que tu étais parti dans ton bureau, au dîner,

ta mère m'a raconté combien la vie a été dure, pour vous deux, après la mort de ton père. Elle m'a dit que tu as été obligé de quitter l'école jeune et de trouver du travail, puis que tu as subi une terrible injustice…

Jace frissonna. Il tenait l'occasion de lui révéler pourquoi son emprisonnement était en effet injuste mais, si Katerina n'avait pas voulu le croire à l'époque, pourquoi Eleanor réagirait-elle autrement ? Du reste, n'avait-il pas déjà perdu sa confiance ?

— Ah, murmura-t-il. J'ai vécu une histoire d'amour, autrefois. Ma petite amie m'a quitté pour un homme plus riche et, sur le moment, j'ai vécu ça comme une injustice. Et puis j'ai eu le mot de la fin, parce que j'ai gagné à la loterie.

La jeune femme fronça les sourcils.

— Comment cela, le mot de la fin ? Tu l'as convaincue de revenir avec toi grâce à tes gains ?

— Non, heureusement. Cette fille ne pensait qu'à l'argent. J'ai investi la somme dans ma propre entreprise. J'ai travaillé dur et, au bout de cinq ans, mes acquis représentaient déjà vingt fois la mise de départ.

Ce ticket gagnant avait changé sa vie et celle de Takis qui, lui aussi, s'était lancé dans les affaires en montant Persée.

— Et désormais tu es considéré comme l'un des hommes les plus riches de Grèce, compléta-t-elle. Mais je possède quelque chose que tu veux et que tu ne peux pas acheter.

Elle se planta devant lui et le fixa droit dans les yeux.

— Ta mère m'a avoué qu'elle rêvait de te voir marié avant de mourir. Mon frère est si désespéré qu'il songe à mettre fin à ses jours. Alors, c'est entendu, je vais t'épouser, et tu auras la moitié du Pangalos. Mais il ne s'agira que d'un arrangement de façade. Dans l'intérêt de ta mère, je consens à tenir le rôle de la gentille épouse amoureuse en public à condition que chacun puisse mener sa vie en privé comme il l'entend, ainsi que tu l'as suggéré. Et discrètement, bien sûr.

C'était exactement ce que Jace voulait. À la virgule près, elle acquiesçait à tout. Il aurait dû exulter, mais il éprouvait une fureur blanche en entendant Eleanor évoquer, à demi-mot, sa liberté amoureuse et sexuelle.

Depuis qu'il avait fait sa connaissance, quinze mois plus tôt, il n'avait couché avec aucune femme. Parce qu'il ne voulait plus d'une maîtresse : il voulait retrouver la fiancée enthousiaste et impatiente qu'il avait perdue un an auparavant.

Ils n'avaient pas eu besoin de le verbaliser car c'était évident : en partant en week-end pour Paris, ils s'apprêtaient à passer leur première nuit ensemble. Il n'oubliait pas combien il brûlait de désir, ce soir-là – le soir où elle avait disparu.

Plongeant son regard dans les grands yeux vert noisette de la jeune femme, il prit une décision irrévocable.

— Tu peux tirer un trait sur cette clause. Il est hors de question que nous ayons une union libre. Je ne tolérerai pas que tu ailles retrouver un autre homme tant que nous serons mari et femme.

Son expression stupéfaite fit bientôt place à la colère.

— C'était *ton* idée ! lança-t-elle. Tu as promis que nous garderions notre indépendance.

— Oui mais j'ai réfléchi depuis, annonça-t-il avec mauvaise foi. J'ai ma réputation, en Grèce. Les médias me suivent trop attentivement, et ma mère ne s'en remettrait pas si elle entendait des rumeurs, si un scandale éclatait.

— Ah oui, ta réputation ! railla-t-elle. Celle d'un play-boy qui collectionne les maîtresses ! Tu veux me faire croire que tu vas rester célibataire pendant toute la durée de notre mariage ?

Il afficha un sourire carnassier.

— Bien sûr que non. Je ne tiens pas à vivre comme un moine.

Comme elle le dévisageait avec effroi, il la rassura aussitôt :

— Il ne me viendrait pas à l'esprit de te contraindre à quoi que ce soit, évidemment. Je n'en aurai pas besoin : à un moment ou à un autre, tu voudras désespérément consommer notre mariage, tu verras.

— Que tu es arrogant ! s'exclama-t-elle, indignée et les joues en feu.

— Et comme tu es menteuse si tu cherches à nier que c'est ce que tu veux !

Son sang incendiait ses artères et, incapable de se réprimer plus longtemps, il l'attira brutalement à lui.

— Tu as une seconde pour reculer, gronda-t-il, arrimé à son regard.

— Sinon quoi ? le défia-t-elle en se plaquant plus étroitement contre lui.

Quel démon venait donc de s'emparer d'elle ? Eleanor avait le cœur battant, tout son corps s'était embrasé, et elle savait qu'il avait raison. Elle voulait ce baiser. Aussi ferma-t-elle les yeux, gagnée par l'ivresse du plaisir, dès qu'elle sentit ses lèvres chaudes happer les siennes.

Combien de fois avait-elle rêvé de cet instant, au cours de l'année écoulée ? Une lave délicieuse s'écoulait dans ses veines, et elle fondit entre ses bras, enroulant sa langue autour de la sienne. Emportée par un élan irrépressible, elle glissa ses doigts dans l'épaisse chevelure noire de Jace, l'invitant à prolonger leur étreinte. Elle tremblait de désir et étouffa un soupir lorsqu'elle sentit ses larges mains errer sur sa taille, puis sur ses hanches.

Ses tétons durcissaient contre son torse puissant, et sa fièvre augmentait à chaque seconde. Le parfum de Jace mêlait subtilement des effluves d'ambre et d'agrumes à son odeur bien à lui, virile, fauve. Sa bouche était chaude et caressante, et le goût subtil du whisky la fit chavirer. À son tour, elle effleura ses pectoraux à travers la fine maille de son pull. Ses muscles étaient durs comme ceux d'une statue, aussi impeccablement dessinés qu'un chef-d'œuvre de Michel-Ange – mais, contrairement au marbre, ils palpitaient de vie et d'ardeur.

Grisée par ses caresses, elle retint son souffle lorsqu'il commença à déboutonner sa tunique.

— Que tu es belle, murmura-t-il d'un ton rauque en posant les yeux sur ses seins nus et gonflés.

La flamme qui brillait dans ses grands yeux sombres parvint à la convaincre que c'était vrai, que dans son regard elle était belle – en dépit du passé, malgré les mots terribles prononcés autrefois. Cambrée, elle gémit au contact de sa peau brûlante sur la sienne et sentit un tsunami de sensations nouvelles jaillir dans sa chair dès qu'il se mit à tracer des sillons de feu, du bout des doigts, autour de ses aréoles.

De l'autre main, il s'insinua entre ses cuisses pour remonter, lentement, vers son sexe trempé – mais sans encore l'atteindre. Il la faisait languir, caressant encore et encore la peau très fine, entre ses jambes, et elle avait l'impression d'être précipitée dans un abîme sans fond, tandis que des ondes de désir transperçaient son bas-ventre et qu'enfin il allait…

Quand tous les plafonniers s'allumèrent d'un coup, elle ne put retenir un cri, tandis que son compagnon faisait un bond en arrière avant de balbutier :

— Mais… Quelque chose ne va pas, maman ?

Eleanor ferma vivement sur elle les pans de sa tunique avant de se retourner.

Debout devant la porte de la grande pièce, immobile, Iliana paraissait au comble de l'embarras.

— Je… Je suis vraiment désolée, murmura-t-elle. Je me suis rappelé que j'avais laissé mes lunettes ici. Je n'ai pas voulu déranger Anna pour ça, et c'est vous que je dérange…

Un bref silence tomba dans la pièce. Jace le rompit d'un ton jovial en enchaînant :

— Eh bien, puisque tu es là, autant t'annoncer la grande nouvelle dont nous t'aurions informée demain matin.

Affichant un sourire de premier de la classe, il passa un bras autour des épaules d'Eleanor, l'attira à lui et plongea son regard dans le sien. Un regard adorateur.

Il jouait très bien la comédie, mais elle ne risquait pas d'oublier qu'il faisait semblant d'être un fiancé transi. Non sans agacement, elle plaqua sur son visage un sourire mielleux. Elle pouvait avoir l'air d'une ravie de la crèche précisément parce qu'elle ne l'était plus : un an plus tôt, sa naïveté lui avait coûté très cher. Aujourd'hui dessillée, elle ne se laisserait plus abuser par le charme de Jace.

— Eleanor vient d'accepter de devenir ma femme, déclara-t-il. Nous allons nous marier. Et c'est une grande journée car, cet après-midi, j'ai finalisé un accord par lequel les parts de papa dans le Pangalos sont rendues aux Zagorakis.

La mère de Jace demeura un instant bouche bée. Soudain, son visage creusé par la maladie s'illumina d'un sourire radieux.

— Mes prières sont exaucées ! souffla-t-elle avec émotion. Tout ce que je pouvais espérer se réalise…

Elle se précipita vers Eleanor et lui prit les mains avec force.

— Je lis la tendresse dans les yeux de mon fils chaque fois qu'il vous regarde. Et vous ? Vous l'aimez, n'est-ce pas ?

Oh ! bon sang. Comment répondre à ça ? Profondément mal à l'aise, Eleanor frémit au souvenir de sa terrible désillusion à Paris. Non, non et non, elle n'aimait plus Jace Zagorakis, se répéta-t-elle en son for intérieur, avec une farouche détermination. Mais elle sentit un muscle se tendre, dans le bras de Jace et se rappela qu'il cherchait à adoucir les derniers instants de sa pauvre mère – preuve qu'après tout il avait un cœur. De plus, avant cette subite interruption, il la désirait réellement, ainsi qu'elle avait pu le constater à l'ardeur de son érection pressée contre son ventre…

— Oh ! Jace sait *tout* ce que je ressens pour lui, répondit-elle d'un ton faussement attendri et lourd de sous-entendus.

Pour faire bonne mesure, elle leva un regard éperdu vers son futur époux. Son froncement de sourcils était imperceptible, mais elle le vit.

Et elle en éprouva une certaine satisfaction.

9.

Le soleil estival illuminait le bureau d'Eleanor au Francine's, tandis qu'elle contemplait le diamant carré trônant sur son annulaire.

— Waouh ! Ça, c'est un sacré caillou ! commenta sa sœur avec une pointe d'envie.

Eleanor soupira. Sa bague de fiançailles ne passait certes pas inaperçue et valait une petite fortune. Juste avant qu'elle ne quitte la Grèce, deux semaines auparavant, Jace la lui avait rendue. Mais elle n'était pas sûre d'assumer un bijou si clinquant. Finalement, peut-être était-elle bel et bien un petit moineau.

— Quelle cachottière tu fais, quand même. Comment as-tu persuadé l'un des nababs les plus sexy d'Europe de t'épouser ? Tu te rends compte que j'ai appris les fiançailles de ma propre sœur par le journal ? Tu aurais pu m'en parler.

Étonnée, elle perçut une note peinée dans la voix de Lissa.

— Je n'en ai pas eu le temps, répondit-elle avec franchise. La mère de Jace est très malade, il a tenu à ce que nous puissions nous marier le plus vite possible. Et je ne pensais pas que la presse allait se déchaîner à la publication des bans.

Elle fronça les sourcils en regardant l'écran de son ordinateur et les quinze fichiers ouverts. Jace avait tenté de la persuader de s'installer dans sa villa de Thessalonique durant le mois qui précédait la célébration, mais elle avait insisté pour rentrer à Oxford afin de régler un milliard de choses. Ce qui lui permettait aussi de se tenir à l'abri de son effroyable charisme – qui la tourmentait chaque nuit.

Les problèmes à résoudre s'accumulaient depuis son retour. Un dégât des eaux causé par une fuite dans une chambre la contraignait à engager d'importants travaux de plomberie. Elle n'avait pas une minute pour s'occuper du mariage, or elle devait encore se trouver une robe.

— Je n'arrive pas à croire que Craig ait choisi ce moment pour émigrer au Canada, maugréa-t-elle. C'est à lui que je souhaitais confier la direction générale du Francine's. Maintenant que je vais vivre en Chalcidique, je peux conserver la vice-présidence à Oxford, mais j'ai besoin de quelqu'un sur qui je puisse compter pendant que je serai responsable du Pangalos… J'ai reçu plusieurs candidats, et aucun ne convient.

— Tu pourrais me confier le poste, lâcha Lissa.

Sidérée, Eleanor la considéra en haussant les sourcils.

— Je sais bien que tu t'imagines que je mène une vie complètement délurée… Pourtant, c'est de l'histoire ancienne. J'ai suivi des cours à Londres, et j'ai obtenu mon diplôme de gestion hôtelière. Ces six derniers mois, j'ai intégré l'équipe de direction du Brainbridge, à Mayfair, et même si mon expérience s'arrête là, je suis certaine de savoir piloter le Francine's, si tu m'en donnes la chance.

Eleanor était de plus en plus ébahie.

— Mais… Tu ne t'es jamais intéressée à nos hôtels, objecta-t-elle.

— Ce n'est pas vrai. Ils m'ont toujours intéressée. Seulement, le jour où j'ai demandé à Pappoús de me donner un petit job à l'essai pour lui prouver que j'étais capable de travailler dur, il a refusé. Il n'y avait que toi, pour lui, conclut-elle avec amertume.

— Voyons, tu…

— C'est la vérité, insista sa cadette. Pappoús n'a jamais eu d'estime ni pour moi ni pour Mark. C'était toujours Eleanor et ses brillantes études commerciales, Eleanor qui ne le désapprouvait en rien, Eleanor l'enfant parfaite. Tu étais sa favorite parce que tu lui rappelais maman.

Eleanor pensa à sa mère, toujours belle et élégante.

— C'est absurde. Je ne lui ressemble pas.

— Si, affirma Lissa. Tu as sa sérénité. Et, quand tu te décides à remiser tes vieux cardigans et tes mocassins, tu es sublime.

Sa sœur la considéra avec un sourire taquin et ajouta :

— Ces jours-ci, tu resplendis. C'est ça, une femme amoureuse !

Durant un bref instant, Eleanor fut tentée de révéler à Lissa les tractations bien terre à terre qui se cachaient derrière son mariage et qui faisaient d'elle une intrigante – et non une femme amoureuse. Surtout pas. Même si, depuis qu'elle avait quitté la Grèce, elle discutait au téléphone chaque soir avec Jace, retrouvant la complicité qu'ils avaient tissée du temps de leur rencontre. Elle se sentait de plus en plus à l'aise avec lui.

— S'il te plaît, accorde-moi une chance, demanda Lissa, extirpant Eleanor de sa rêverie.

N'était-ce pas exactement ce que Mark lui avait dit ? Eleanor réfléchit. Apparemment, elle ne s'en était pas aperçue, mais sa petite sœur avait grandi – et mûri. Elle se sentait accablée d'apprendre que Lissa avait souffert de sa relation privilégiée avec Pappoús, et elle considérait que sa responsabilité était de partager équitablement les charges et les bénéfices de leur héritage.

— Et moi qui pensais que tu voulais devenir actrice, murmura-t-elle.

— Mon séjour en Californie m'a permis de comprendre que je n'avais ni le talent ni la résistance pour exister dans ce métier. J'ai refusé de coucher avec le metteur en scène qui me faisait miroiter un rôle, et l'appel de ma carrière dans l'hôtellerie a été plus fort… Je te promets que je ne te décevrai pas, Eleanor. Tu pourras compter sur moi.

— Ma foi, Craig ne partira pas avant deux mois, ce qui permettrait qu'il te passe le flambeau en douceur et que…

— Oh ! merci ! s'écria sa sœur en se pendant à son cou. Tu verras, tu ne le regretteras pas ! Je vais m'y mettre tout de suite, et tu vas pouvoir t'occuper de ton mariage. Tu as choisi ta robe ?

— Non. Mais j'ai vu ce modèle.

Elle sortit un magazine prénuptial de la pile de dossiers sur son bureau, et désigna la couverture.

Lissa fit la grimace.

— Oh non, pas cette meringue. Attends.

Sa cadette feuilleta la revue et afficha soudain un sourire approbateur en montrant à Eleanor une longue robe en soie très simple et près du corps, avec une jupe en queue de sirène.

— C'est ça qu'il te faut, déclara-t-elle d'un ton sans réplique. C'est la robe qui donnera envie à ton futur mari de la déchirer !

Au souvenir des mains de Jace courant sur elle, Eleanor réprima un frisson. Le regard planté dans celui de Lissa, elle conclut :

— Tu veux bien venir avec moi ? J'ai besoin de tout le trousseau, et tes conseils me seront précieux.

Quittant Oxford et suivant les indications du GPS, Jace emprunta un étroit chemin de terre qui menait à un grand champ. Derrière la barrière en bois grouillait une foule impressionnante. Pour la centième fois, il se demanda quelle mouche l'avait piqué. Au lieu de rentrer directement en Grèce depuis New York, où il venait d'enchaîner plusieurs importantes réunions, il avait prié le pilote de son jet de se poser en Angleterre.

Sur le siège passager de sa voiture de location reposait le bouquet de roses couleur dragée acheté impulsivement à l'aéroport. Cela non plus ne lui ressemblait pas. Jace n'était pas impulsif, au contraire : il planifiait sa vie avec une méticulosité froide et, les rares fois où il avait offert des fleurs à une femme, sa secrétaire s'était chargée de la commande.

Il s'était réjoui d'apparaître à l'improviste sur le seuil de chez Eleanor, ses roses à la main, comme lorsqu'il la courtisait, et les explications de Lissa avaient agi sur lui comme une douche écossaise.

— Eleanor est partie à un truc de ballons avec son ami Nigel, avait-elle déclaré en le dévisageant avec curiosité. C'est moi qui suis responsable de l'hôtel pour tout le week-end. Et, dès que tu auras épousé ma sœur, je serai nommée directrice générale du Francine's.

La fierté de la jeune femme était si évidente qu'il l'avait félicitée, mais son large sourire s'était vite évanoui comme il reprenait le volant en pesant tous ces mots mystérieux : « ballons », « ami », « Nigel », « tout le week-end ».

Sa mauvaise humeur augmenta quand il fut garé et qu'il aperçut plusieurs montgolfières dans le champ. Que fabriquait Eleanor dans ce genre d'événements et, surtout, quels étaient ses sentiments pour un homme avec qui elle comptait passer un week-end entier ?

— Oui, bien sûr ! Eleanor et Nigel sont là. Ils ne manquent jamais un rallye du club, précisa un participant à Jace, pointant du doigt un ballon bleu et blanc.

D'un pas vif, il fendit la foule rassemblée devant

l'engin et repéra sa fiancée. Quelque chose se pinça dans sa poitrine. Moulée dans un jean tout simple, elle était ravissante avec son T-shirt bubble-gum qui laissait deviner la rondeur de sa poitrine. Ses cheveux mordorés étaient relevés en une queue-de-cheval qui lui donnait l'air d'une adolescente, et ses joues rosies par l'air frais mettaient en valeur son teint de porcelaine.

Il reporta vite son attention sur l'homme qui se trouvait à côté d'elle, un grand brun avec une longue mèche lui tombant sur les yeux. Il la faisait rire, et elle paraissait très à son aise en sa compagnie. Soudain, il lui murmura quelque chose à l'oreille, et ils tombèrent dans les bras l'un de l'autre.

La sensation effroyable qui s'engouffra dans sa poitrine le terrifia. L'air se bloquait dans ses poumons, et il eut l'impression que ses entrailles se déchiraient. Si l'idée n'avait pas été absurde, il aurait pu en conclure qu'il était jaloux… Non, bien sûr que non. Depuis le jour où Katerina lui avait montré qui elle était vraiment, il avait toujours conservé ses distances avec les femmes.

Tandis qu'il traversait le champ à grandes enjambées, ignorant les hautes herbes qui lui mouillaient les chaussures et le pantalon, il vit que le ballon était gonflé et que sa fiancée montait dans la nacelle avec son nouveau petit ami. Son sang se mit à bouillir.

— Jace ! s'exclama-t-elle en s'apercevant enfin de sa présence. Qu'est-ce que tu fais ici ? Je ne m'attendais pas à te voir à Oxford…

— Non, cela paraît évident, asséna-t-il en fusillant le grand brun du regard.

— Je te présente Nigel, dit-elle en le considérant d'un air ahuri, comme il enjambait la nacelle pour les rejoindre.

Elle secoua la tête et précisa :

— Tu ne peux pas monter avec nous. Ce panier ne prend pas plus de deux personnes.

— Dans ce cas, l'un de nous deux va devoir descendre, menaça-t-il en se tournant vers son rival.

— Je vous laisse la place, répondit vivement Nigel en regagnant le sol sans demander son reste.

Si un regard suffisait à tuer, je serais mort, songea Jace en croisant le coup d'œil assassin de sa fiancée.

— Qu'est-ce qui te prend ? demanda-t-elle d'un ton glacial, tandis qu'il ne pouvait détacher son regard de sa ravissante poitrine moulée dans le T-shirt.

— Monsieur Chevelu est ton nouvel amant, c'est bien ça ?

— Monsieur… Oh ! Nigel ? Non, c'est un ami.

Elle avait l'air sidérée.

— Qu'est-ce que tu fabriquais lovée contre lui, alors ?

Eleanor fronça les sourcils.

— Il venait de me dire que sa femme est enfin enceinte. Ils essaient d'avoir un enfant depuis plusieurs années, et je suis vraiment heureuse pour Claire et lui… Comment oses-tu te comporter comme un taureau jaloux ?

L'étonnement avait fait place à la colère chez sa fiancée, et il en fut un instant désarçonné. La jeune femme à qui il faisait la cour quinze mois auparavant était timide et empruntée. Une Eleanor beaucoup plus confiante en elle lui avait succédé : femme fatale tout en rouge, ou touriste en balade avec un fidèle ami dans un rallye de montgolfières…

— Prête, Eleanor ? s'égosilla Nigel.

— Prête ! cria-t-elle, couvrant le bruit du brûleur qui chauffait l'air sous l'enveloppe.

Jace déglutit avec peine en réalisant qu'au sol Monsieur Chevelu avait ôté les dernières sangles et que la nacelle s'élevait – sans pilote à son bord. Une bouffée de vertige le saisit.

— Qu'est-ce que tu fais ? s'enquit-il en se tournant vers la jeune femme. Tu vas laisser un spécialiste nous rejoindre avant de lâcher les amarres, n'est-ce pas ?

— C'est moi la spécialiste. J'ai mon brevet de pilote.

Il la vit manœuvrer quelque chose qui pouvait être une corde de commande de soupape et, incrédule, coassa :

— Toi ?

Concentrée sur ses opérations de décollage, elle lui décocha un bref regard en biais.

— Pourquoi as-tu l'air si surpris ?

— Mais je... J'ignorais complètement que tu étais fanatique de sports dangereux ! expliqua-t-il.

— Voler en montgolfière n'est pas dangereux. C'est même l'un des modes de transport les plus sûrs au monde.

Elle releva vers lui un regard courroucé et ajouta :

— Tu n'as jamais cherché à savoir qui j'étais.

Comme l'ascension semblait entamée, elle reprit :

— J'ai passé mon brevet l'an dernier. À cause du temps instable en Angleterre, je suis même partie suivre un entraînement anticrash spécial en Turquie.

— Ce n'est pas drôle, murmura-t-il en jetant un coup d'œil effrayé vers le sol.

Il s'efforça de rassembler ses esprits en prenant une longue inspiration.

— Ça va ? s'enquit-elle en le scrutant avec perplexité.

— Je... Je ne suis pas fanatique des grandes altitudes, admit-il.

— Détends-toi et fais-moi confiance, répondit-elle d'un ton serein.

Un large sourire aux lèvres, elle désigna le paysage et reprit, enthousiaste :

— Tu as vu comme c'est beau ?

La campagne s'étendait sous eux tel un patchwork de couleurs exposant toutes les nuances de verts et de jaunes. Les ondulations argentées d'un fleuve scintillaient sous le soleil. C'était en effet splendide, mais Jace ne se sentait toujours pas à l'aise.

— Où allons-nous ? demanda-t-il.

— Où le vent nous portera ! s'exclama-t-elle gaiement. C'est toute la magie d'un vol en ballon : chaque nouvelle promenade est une aventure. Un jour, je voudrais voler au-dessus des plaines d'Afrique de l'Est. Il paraît que les panoramas du Sérengéti sont à couper le souffle.

— Tu m'étonnes, railla-t-il. Pour une junkie de l'adrénaline, s'écraser face à un lion furieux, c'est forcément le summum.

Un an plus tôt, il n'aurait jamais pensé que l'adjectif « aventureuse » pouvait être associé à Eleanor.

— Qu'est-ce qui t'a poussée à devenir pilote de montgolfière ? interrogea-t-il.

Elle planta un regard tranquille dans le sien.

— Toi.

— Moi ? répéta-t-il.

— Oui. Après t'avoir entendu révéler ce que tu pensais de moi à ton ami Takis, je me suis sentie minuscule et minable, et j'ai eu besoin de me prouver que je valais mieux que ça.

— Jamais je ne t'ai considérée comme quelqu'un de minuscule, et encore moins minable ! objecta-t-il avec vivacité.

Mais la culpabilité courait dans ses veines. Il avait trahi sa confiance. Obnubilé par son projet de vengeance, il avait piétiné l'innocence d'Eleanor, sans songer à la conséquence de ses actes sur la psychologie et la sensibilité de celle qu'il manipulait… Bourrelé de remords, il se sentit également gagné par la honte. Que faire ? Il lui devait au moins de se montrer parfaitement honnête, avant de l'épouser.

Pensif, il baissa les yeux sur la Terre, savourant l'air frais qui lui cinglait les joues. Le ciel était bleu, et il éprouvait soudain un merveilleux sentiment de liberté. Ce sentiment dont il avait été si cruellement privé, en cellule.

— Quand j'étais jeune, j'ai fait deux ans de prison, avoua-t-il tout à trac.

Elle lui retourna un regard ébahi.

— Qu'est-ce que tu avais fait ?

— J'ai été reconnu coupable d'agression et de coups et blessures volontaires, soupira-t-il. Et il est vrai que j'avais frappé quelqu'un. Je tentais de défendre Takis, et son assaillant était armé d'un couteau.

— Takis… Celui qui possède une chaîne d'hôtels ? L'homme que tu m'as envoyé pour qu'il me propose d'acheter le Pangalos ?

Jace confirma d'un hochement de tête.

— C'est mon meilleur ami, expliqua-t-il. Nous sommes comme des frères, lui et moi.

Il redoutait la réaction de la jeune femme mais, pour le moment, elle restait calme, n'exprimant rien d'autre qu'une curiosité bienveillante.

— Après la mort de mon père, ma mère s'est retrouvée criblée de dettes. Je l'ai aidée à tenir l'hôtel mais cela ne suffisait pas. J'ai quitté l'école et trouvé un travail sur un chantier. C'est ainsi que j'ai rencontré Takis. Il avait mon âge, et il avait dû fuir le foyer familial. Un soir, alors que nous avions fini tard, nous avons été pris en chasse, dans la rue, par un groupe de voyous. Ils étaient trop nombreux pour nous, la fuite semblait la seule option, mais Takis est tombé. En venant à sa rescousse, j'ai vu le couteau que brandissait l'un des jeunes et je l'ai frappé, certain qu'il allait s'en servir.

— Mais c'est de la légitime défense, non ? Je ne comprends pas pourquoi on t'a envoyé en prison, murmura Eleanor.

— En tombant, l'homme s'est heurté la tête contre l'asphalte. Il s'est retrouvé dans le coma. Pendant qu'il se remettait à l'hôpital, ses parents, qui étaient riches, ont soudoyé des témoins pour prétendre qu'il n'y avait jamais eu de couteau. C'était leur parole contre celle de Takis et la mienne. Personne n'a voulu nous croire, au tribunal.

— Et tu as été emprisonné…

Il acquiesça.

— Takis a pris soin de ma mère pendant ce temps, et j'ai appris que le coma du jeune homme n'avait duré que deux heures. Mais j'ai pu suivre des études durant mon incarcération : j'ai appris l'anglais, je n'ai pas complètement perdu mon temps. À la sortie, j'ai trouvé du travail sur un site immobilier et je suis tombé amoureux de la fille du patron. Katerina a refusé de m'épouser en apprenant que j'avais été condamné.

— Oh ! Jace…

Il lança vers elle un regard incertain. Elle n'avait pas l'air de le juger. Au contraire, elle paraissait éprouver une compassion sincère.

— Je n'ai pas les moyens de te prouver que je dis vrai, conclut-il. Takis te confirmera les faits tels que je te les ai rapportés, mais je conçois que ce soit insuffisant.

— Pourquoi dis-tu cela ? opposa-t-elle. Je n'ai aucune raison de ne pas te croire. De toute façon, à supposer que tu sois coupable, tu as payé ta dette à la société, et cela ne change rien à ma décision de t'épouser pour éponger les dettes de mon frère. Qu'est-ce qui t'a incité à me raconter tout ça ?

— Notre mariage risque d'attirer l'attention de la

presse, en Grèce. Un journaliste pourrait déterrer cette vieille affaire. Je préférais que tu l'entendes de ma bouche.

Il prit son élan et poursuivit, arrimant son regard au sien :

— J'admets t'avoir caché le véritable motif de ma demande en mariage, l'année dernière. J'ai eu tort.

Un long silence suivit cette déclaration. Il vit quelque chose briller dans les grands yeux noisette d'Eleanor.

— Engageons-nous à nous montrer honnête l'un envers l'autre le temps que durera notre mariage, proposa-t-il. De ton côté, y a-t-il quelque chose que tu as envie de me confier ?

— Non, je ne vois pas quoi, répondit-elle très vite en détournant le regard pour manipuler le brûleur.

Cherchant à détendre l'atmosphère, il insista d'un ton taquin :

— Tu en es sûre ? Tu n'as pas d'autres gentils petits hobbies ? La plongée en cage avec des requins, peut-être ?

— Non, rien de la sorte. Je n'ai pas de secret, affirma-t-elle en rougissant.

Elle mentait, Jace en était certain.

10.

Dans sa chambre à la villa de Thessalonique, Eleanor était prête : maquillée, coiffée, habillée.

— Voilà, c'est le dernier ! s'exclama Lissa d'un ton soulagé. Ton mari va s'amuser un bon moment à défaire la ribambelle de petits boutons.

Eleanor examina son reflet de dos dans le miroir. On aurait dit, en effet, que la soie de sa robe était retenue par une centaine de perles.

— Je te l'avais dit, non ? ajouta sa sœur avec un regard admiratif. Tu es sublime. Incroyablement sexy. Cette coupe est faite pour toi.

Eleanor s'efforça de sourire. Elle devait admettre que le modèle sélectionné par sa cadette flattait admirablement sa silhouette. Le voile tout en broderies qui recouvrait le fourreau de soie de forme sirène mettait en valeur sa poitrine ronde et sa taille fine et, grâce à la savante fermeture dorsale, elle n'avait pas à redouter qu'on aperçoive sa cicatrice.

Embarrassée, elle se mordit la lèvre. Jace lui avait tendu la perche, lors de leur excursion en ballon, quelques semaines plus tôt : elle aurait pu se montrer franche, lui révéler que son corps était estropié… et le courage lui avait manqué.

— Tu rêves ? s'enquit Lissa. Qu'est-ce qui t'arrive ?

Tu n'es pas censée avoir l'air triste le jour le plus romantique de ta vie.

Oh ! bon sang. Elle aurait tant voulu dire la vérité à sa sœur ! Elles s'étaient beaucoup rapprochées, toutes les deux, ces derniers temps.

— Moi aussi, soupira sa cadette en rencontrant son regard dans la psyché, j'aurais voulu que maman et papa assistent à ton mariage. Et Mark qui n'a pas pu interrompre son programme de désintoxication en Irlande… Mais, au moins, nous sommes ensemble.

— Oui, renchérit Eleanor en serrant sa main dans la sienne. Je suis heureuse que tu sois là.

Elle l'embrassa avant d'enchaîner :

— Toi aussi, tu es magnifique, tu sais ! Tourne, que je t'admire.

Retenant une larme d'émotion, elle regarda sa sœur virevolter dans sa robe couleur bleuet – exactement la même teinte que ses yeux. Ses cheveux blonds dansèrent autour de son visage.

— Une vraie princesse, conclut-elle.

— Tu crois ? demanda Lissa avec espoir. Le témoin du marié ne partagera peut-être pas ton avis.

— Takis ? fit Eleanor sans cacher son étonnement. D'après ce que m'en a dit Jace, c'est un ours de caverne… Un célibataire endurci.

— À propos de ton futur époux, tiens, j'allais oublier, dit Lissa en lui tendant un bouquet de roses pâles.

Attendrie par cette attention, Eleanor contempla les adorables boutons de fleurs et ferma les yeux pour humer leur parfum.

— Ce n'est pas le moment de rêvasser, gronda Lissa. Viens, la voiture nous attend !

Dans la salle des mariages de la mairie, Eleanor s'avança vers Jace. Son cœur battait si fort qu'elle s'enjoignit au calme. Mieux valait ne pas oublier que cette comédie n'avait rien d'un vrai mariage. La veille, Jace et elle avaient signé leur contrat stipulant que le Pangalos devenait un bien de la communauté des époux et que chacun percevrait la moitié du capital lors du divorce. Un acte distinct prévoyait l'effacement de toutes les dettes de Mark Buchanan et le règlement des impayés en cours au Pangalos par Jace Zagorakis.

Ce dernier, sublime dans son costume bleu marine taillé sur mesure, la couvait d'un regard troublant tandis qu'elle le rejoignait. Il lui souriait, et elle sentit une nappe chaude et réconfortante envelopper son cœur en écoutant le maire entamer la cérémonie.

Hypnotisée par le visage de dieu grec de Jace, par sa bouche ourlée, par ses yeux intenses et graves, elle répondit aux questions rituelles sans même s'en rendre compte, se laissa aveugler par l'or pur de l'alliance toute simple passée à son doigt, et comprit soudain que les mots fatidiques avaient été prononcés :

— Et maintenant, vous pouvez embrasser la mariée.

Jace se pencha, et Eleanor ferma les yeux en savourant le contact de ses lèvres chaudes sur les siennes. Leur baiser n'était qu'une formalité, même si elle tenait autant que lui à sentir la joie de sa belle-mère, qui essuyait ses larmes au premier rang.

Mais la formalité sortit de son cadre : Eleanor fondait dans ses bras à mesure qu'il l'attirait et, lorsqu'il enroula sa langue autour de la sienne avec une volupté fiévreuse, elle lui rendit son étreinte avec ardeur.

Enfin, il murmura à son oreille d'une voix éraillée par le désir :

— J'ai hâte que nous soyons enfin tous les deux.

Elle frémit. Auparavant, ils devaient encore présider la

réception donnée sous un chapiteau dans le parc de la villa pour la cinquantaine d'invités, tous inconnus d'Eleanor.

Il y avait quelques cadres de Zagorakis International, des hommes d'affaires qu'elle classa soit dans la catégorie des célibataires invétérés, comme Takis Samaras, soit dans celle des ambitieux fiers d'apparaître avec une femme trophée.

Arborant maquillage professionnel et tenues siglées des plus grands créateurs, toutes les femmes présentes au repas étaient sophistiquées, à l'aise dans ce type d'événement mondain, détendues. Dans le lot, quelques-unes avaient pu être des maîtresses de Jace, songea Eleanor avec une pointe de jalousie.

Elle s'aperçut qu'après deux coupes de champagne la lame s'enfonçait moins douloureusement dans son cœur. Aussi en dégusta-t-elle une troisième. Puis une autre. Au bout de trois heures à ce régime, elle se moquait de savoir si Jace avait eu une maîtresse différente chaque jour de la semaine.

Avec le crépuscule, les ravissantes guirlandes de lampions installées dans les arbres éclairèrent le parc de leur magie, et elle s'adossa à une colonne du chapiteau pour emplir ses poumons du parfum des orangers, des jasmins et des rosiers. C'était divin.

Les uns après les autres, les invités partirent, sans oublier de venir la féliciter une dernière fois. La formule de circonstance, « Tous mes vœux de bonheur », résonnait à ses oreilles. Iliana l'avait serrée dans ses bras vingt fois, mais tant d'émotion épuisait la vieille dame : Anna la raccompagnait maintenant dans sa chambre.

Cette journée parfaite correspondait au mariage idéal qu'elle imaginait, du temps où elle était amoureuse de Jace. Hélas, aujourd'hui, il fallait se contenter d'un faux-semblant. Oh ! naturellement, Eleanor était fière d'avoir mûri, de ne plus être la gentille fiancée naïve que Jace avait trompée avec une facilité déconcertante. Aujourd'hui, ils étaient à pied d'égalité, elle et lui, et leur marché, conclu en pleine connaissance de cause, éviterait toute désillusion.

Lâchant un soupir, elle tendit la main vers le plateau de flûtes que portait un garçon, quand la main de son mari lui saisit le poignet au vol.

— Je crois que tu as assez bu, déclara Jace en la toisant d'un œil réprobateur.

Eleanor prit un air indigné.

— Comment cela ? Tu comptes les verres que je bois à mon mariage ?

— Non, mais j'ai vu que tu n'as rien mangé au dîner, et je ne pense pas qu'il soit judicieux d'absorber tant d'alcool l'estomac vide.

— Tu n'es pas mon père, objecta-t-elle.

— Non, je suis ton mari.

L'accent de possessivité qu'elle entendit dans sa voix lui fit voir rouge.

— Cela ne te donne aucun droit de contrôler la façon dont je mène ma vie. Sauf si tu as l'intention de jouer les patriarches, de m'enfermer à temps complet dans la cuisine et de me faire trois enfants pendant notre mariage *provisoire*.

Elle insista lourdement sur le dernier mot tout en le dévisageant d'un air sarcastique.

— Si tu tombais enceinte, répondit-il avec calme, il n'aurait plus rien de provisoire. Je crois fermement à la famille et j'estime que le premier droit d'un enfant est de grandir auprès de ses parents.

— Tes beaux principes ne seront pas requis, rétorqua-t-elle en haussant les épaules. Je me suis fait prescrire la pilule avant de quitter Oxford.

Il rit et effleura son front d'une caresse qui la fit frémir.

— Diable ! J'imaginais une invitation un peu plus romantique, ce soir, ironisa-t-il.

Mais Eleanor n'avait pas envie de rire. Elle luttait contre les sanglots et, dès qu'elle entendit sa sœur l'appeler, elle saisit de ce prétexte pour prendre la fuite.

Jace avait raison, sans doute avait-elle trop bu de champagne. Pour autant, elle ne supportait pas qu'il la traite comme une enfant. Anxieuse, elle savait qu'elle allait devoir monter dans la chambre, prier Lissa de défaire les centaines de boutons de sa robe… Ensuite, elle enfilerait la ravissante lingerie de nuit en dentelle qu'elle s'était laissé convaincre d'acheter.

— Je voulais juste te dire au revoir, lâcha Lissa en se précipitant dans sa direction. Je m'en vais, Takis va me reconduire au Pangalos : il se trouve qu'il a réservé là-bas.

— Mais Lissa, attends…

Sans l'écouter, sa sœur plaqua deux bises sur ses joues

— Je file ! conclut-elle en courant. Tu me raconteras ta lune de miel ? À bientôt !

— Une minute, je…

Inutile. Elle avait disparu.

Condamnée à se débrouiller seule, Eleanor monta dans sa chambre. Afin de ne pas éveiller de soupçons, il avait été décidé que les jeunes mariés occuperaient la suite jouxtant celle d'Eleanor – ce qui lui permettrait d'y dormir seule chaque fois qu'elle le souhaiterait.

Elle se tordait les bras et le cou depuis dix minutes à tenter de déboutonner sa robe et elle était prête à déclarer forfait, quand elle sursauta : la poignée de la porte mitoyenne tourna, et Jace apparut sur le seuil de sa suite privée.

Fronçant les sourcils, elle protesta :

— Je croyais que tu ne pouvais pas entrer. Tu m'avais dit que le verrou serait systématiquement tiré de ton côté.

Il haussa les épaules en signe d'impuissance.

— La femme de chambre aura oublié. Ou bien c'est toi qui l'as laissée ouverte exprès ? suggéra-t-il, un sourire carnassier aux lèvres.

— Pas du tout !

Il sourit encore et fit un pas dans sa direction.

— Tes joues roses te trahissent, *pouláki mou*.

— Cesse de m'appeler ainsi ! Ce n'est vraiment pas flatteur, geignit-elle.

— Comment cela ? Qu'y a-t-il de plus charmant, de plus adorable qu'un oiseau ?

— Un vulgaire « moineau qui se fond dans le décor », contrairement au « paon » qui « flamboie », cita-t-elle.

Loin de paraître rafraîchi par cet accueil, Jace avança encore vers elle.

— Tu es sublime, dit-il d'un ton grave. J'ai cru tomber à la renverse en te voyant arriver à la mairie. Cette robe te va à la perfection. La preuve : je n'ai songé qu'à te l'ôter…

— Arrête ! s'écria-t-elle en bondissant en arrière, comme il venait de poser la main sur sa taille.

— Qu'est-ce qui te prend ? demanda-t-il, désarçonné par sa rebuffade.

— Tu… Tu avais promis de ne pas me forcer à coucher avec toi, balbutia-t-elle.

Cette fois, il la considéra avec un mélange d'incompréhension et de douleur. Elle s'en voulut et expliqua aussitôt :

— Jouer la comédie pour des inconnus, c'est déjà assez difficile, mais pour ma sœur et Iliana… J'ai l'impression d'être une affreuse intrigante. Le mensonge me pèse.

— Eh bien moi, au contraire, j'étais venu te remercier : ma mère a appris il y a trois jours que son traitement n'avait pas d'effet. Le médecin met fin à la cure. C'est une question de temps, désormais. Le bonheur qu'elle a éprouvé aujourd'hui vaut tout l'or du monde à mes yeux.

— Oh ! Jace, je suis désolée…

Elle prit sa main dans la sienne avant d'enchaîner :

— Mais tu ne ressens pas la même chose que moi ? Un malaise à entretenir cette farce ?

— Notre mariage n'a pas à être une farce, opposa-t-il avec fermeté. Il sera ce que nous choisirons d'en faire. Et le désir entre nous est bien réel.

Sur ces mots, il se pencha pour déposer une myriade de baisers dans son cou, avant de l'attirer plus étroitement dans ses bras.

— Quelle armée de boutons sur ta robe, murmura-t-il en promenant sa main dans son dos.

Eleanor sentit son sang se figer dans ses veines. Elle avait tout essayé pour le repousser alors qu'elle brûlait de faire l'amour avec lui. Écartelée entre désir et terreur, elle ne savait plus quelle voie suivre. Cette satanée cicatrice déchaînait ses angoisses… Or c'était sa nuit de noces. Le sort en était jeté, maintenant qu'il déboutonnait la robe, n'est-ce pas ? Peut-être valait-il mieux qu'il la découvre ainsi ?

Non, c'était une pure folie. Elle courait droit à la catastrophe. D'un mouvement brusque, elle échappa à son étreinte et balbutia :

— Euh, désolée, je ne me sens pas très bien…

À peine eut-elle prononcé ces mots que son estomac se retourna, et elle eut tout juste le temps de se précipiter dans la salle de bains adjacente pour se pencher au-dessus de la faïence.

Après s'être brossé les dents, elle contempla son reflet dans le miroir. Son mascara avait coulé, et elle était tellement livide qu'elle ressemblait à un panda, mais elle ne pouvait pas rester dans la salle de bains toute la nuit. Lorsqu'elle sortit, Jace lui tendit un plateau.

— Bois un grand verre d'eau, ordonna-t-il. Et mange,

s'il te plaît. Je t'ai fait préparer un petit sandwich. Combien de coupes de champagne as-tu vidées ?

— Aucune idée, avoua-t-elle en mordant dans le pain. Je n'ai pas du tout senti l'effet de l'alcool pendant que je discutais avec les invités. C'est venu subitement.

Il secoua la tête d'un air réprobateur.

— J'aurais dû me montrer plus vigilant. Tu es ma femme, et je suis responsable de toi, désormais.

— Ne recommence pas, Jace, maugréa-t-elle en avalant une gorgée d'eau. Je suis adulte, et… Pourquoi est-ce que les murs tournent ?

— Parce que tu es ivre, soupira-t-il. Mais rassure-toi, après une bonne nuit de sommeil, tu seras en pleine forme. Va te coucher. Avant, il faut que tu te déshabilles… Si tu refuses que je t'aide, je peux appeler quelqu'un.

De sa propre initiative, il lui offrait l'échappatoire idéale. Oh ! c'était la voie de la facilité mais… L'espace d'un instant, Eleanor se sentit tentée de s'y engouffrer. Elle bénissait également l'inventeur du champagne car elle était certaine, absolument certaine, qu'à l'instant où Jace découvrirait sa cicatrice le désir qu'elle lui inspirait encore fondrait comme neige au soleil. Une fois franchi le cap ambigu de la nuit de noces, elle n'aurait qu'à lui imposer les termes de l'arrangement initial : un mariage factice sans sexe. Du moins aurait-elle aimé réussir à s'en convaincre. Car Jace poserait des questions, et elle se condamnait à reporter en vain une échéance inévitable.

— Non, vas-y, soupira-t-elle. Finissons-en.

— J'ai déjà reçu des réponses plus enthousiastes, répondit-il avec aigreur.

— Je n'en doute pas.

— Relève tes cheveux, commanda-t-il avant de se poster derrière elle.

Elle retint son souffle et ferma les yeux tandis qu'il

déboutonnait une à une les minuscules perles. Plus il descendait, plus il y avait de chances pour que les pans de soie s'écartent…

Eleanor se tenait debout, raide comme un *i* devant le miroir de la commode. Jace ne dit rien, mais elle vit son expression choquée. Aussitôt, la consternation et la honte la saisirent, et des larmes amères lui brûlèrent les joues.

— Voilà. Maintenant tu sais ! s'écria-t-elle. Je suis monstrueuse !

— Mais non, enfin…

— Si !

Elle fit volte-face et désigna le miroir d'un index tremblant.

— N'essaie pas de me faire croire que tu n'es pas horrifié ! Je viens de voir ta tête : je te révulse.

C'était le moment qu'elle avait tant redouté. L'humiliation était pire encore que ce à quoi elle s'était préparée.

— Tu peux avoir toutes les femmes que tu veux, enchaîna-t-elle, bouleversée. Alors comment diable pourrais-tu avoir envie de *ça* ? Va-t'en, Jace, laisse-moi.

Sa voix se brisait, et elle fondit en sanglots.

— Je ne vais nulle part, *matia mou*, répondit Jace d'un ton aussi paisible que possible.

Il voyait bien que la jeune femme était à fleur de peau. Il ne pouvait nier être stupéfait en découvrant sa cicatrice, mais « révulsé » ? C'était absurde.

Quant à sa crise de nerfs, il ne l'expliquait que par l'abus d'alcool et il se reprochait de l'avoir laissée boire alors qu'elle n'en avait pas l'habitude.

— Tu ne tiens plus debout, enchaîna-t-il avec bon sens. Allons, viens, il faut te coucher… Où ranges-tu tes vêtements de nuit ?

Comme elle désignait un tiroir de la commode, il l'ouvrit et en tira un négligé très sexy, en dentelle ivoire et noire.

— Mais non, évidemment pas ça, geignit-elle.

— Pourquoi « évidemment » ?

Elle haussa les épaules.

— La lingerie de luxe ne changera pas ce que je suis.

Déconcerté, Jace interrogea :

— C'est-à-dire ?

— Difforme. Estropiée. C'est ce que m'a dit Tony quand il a vu mon dos…

D'un geste rageur, elle essuya ses larmes et poursuivit :

— Nous avions seize ans et je n'avais d'yeux que pour lui depuis la sixième. Alors le jour où il m'a proposé de sortir avec lui, je n'en revenais pas. J'étais folle de joie et, après deux ou trois soirées, il avait l'air de vraiment bien m'aimer. Mais un soir…

En la voyant frissonner, Jace redouta ce qu'elle allait lui révéler.

— Nous sommes allés à une soirée piscine chez un garçon de la classe, dit-elle d'une voix d'outre-tombe. Me montrer en bikini me rendait assez nerveuse, mais comme tout le monde sautait dans le bassin, j'ai fini par enlever mon T-shirt et plonger à mon tour. Dès que Tony a vu ma cicatrice, il a poussé un cri. Il m'a dit que c'était révoltant, écœurant, et il m'a ordonné de remettre mon T-shirt.

Jace n'avait jamais été violent, sauf le jour où son meilleur ami avait été menacé par un fou armé d'un couteau… Mais, en cet instant, il aurait rêvé de pouvoir mettre son poing dans la figure de l'odieux personnage qui avait complexé à vie une adolescente sensible et fragilisée.

— Quel abruti ! s'exclama-t-il, ulcéré. J'espère que tu as rompu immédiatement ?

— C'est lui qui m'a plaquée le soir même, devant tout le monde, au beau milieu de la soirée. Mais je le comprends, c'est vrai que ma cicatrice est immonde. Depuis, je la couvre toujours soigneusement.

Jace eut l'impression de recevoir un coup de massue sur la tête. Il revit le maillot de bain ultra-couvrant qu'elle portait sur le bateau et qu'il avait trouvé si élégant.

— Toujours ? répéta-t-il d'une voix blanche. Même avec moi, quand je t'ai connue…

— J'étais flattée par ton attention, admit-elle, mais terrifiée à l'idée que tu aperçoives mon dos.

Oh ! bon sang. Il ne s'étonnait plus qu'elle soit partie tel un boulet de canon, à Paris, après avoir surpris cette stupide conversation de matamore avec Takis… En tant que femme, elle n'avait jamais eu confiance en elle !

— Tiens, dit-il en lui tendant un long T-shirt.

Galant, pendant qu'elle l'enfilait, il lui défit le lit, puis approcha un fauteuil où il s'installa tandis qu'elle se glissait sous les draps.

— Raconte-moi l'histoire de ta cicatrice, proposa-t-il avec douceur. Tu as eu un accident ?

— Non. J'avais huit ans quand on a découvert que je souffrais d'une scoliose sévère. J'ai été contrainte de porter un corset pendant cinq années, puis on m'a opérée.

— Cela a dû affecter profondément ton enfance, non ?

Elle acquiesça.

— Il était exclu que je partage les nombreuses activités en plein air que pratiquaient mon frère et ma sœur. Je crois que mes parents ont été désemparés, parce que mon père était un passionné d'athlétisme et ma mère une gymnaste médaillée plusieurs fois avant sa carrière de top-modèle. Rien ne les avait préparés à s'occuper d'une fille handicapée. Je regrette encore que mon opération de la colonne vertébrale ait eu lieu quelques mois après leur mort, parce qu'ils n'ont jamais pu me voir libérée de mon corset.

La note de tristesse dans sa voix lui fendit le cœur. La jeunesse d'Eleanor avait été aussi rude que la sienne, quoique de manière différente. Obsédé par sa rancune envers Kostas, il n'avait pas voulu considérer que, elle aussi, elle pouvait avoir vécu des événements traumatisants. Il regrettait profondément de l'avoir blessée et aurait donné n'importe quoi pour revenir en arrière – hélas, c'était impossible.

Longtemps, il resta immobile, à écouter le souffle léger de son épouse, à regarder son visage paisible happé par le sommeil.

Il admirait Eleanor. Elle était généreuse, indépendante, courageuse, elle avait un cœur d'or et une véritable tête de mule… En fait, elle l'intriguait et le fascinait. Sa personnalité à mille facettes stimulait son esprit autant que sa sensualité excitait son désir.

11.

Une migraine effroyable. Le départ à une heure indéterminée, un avion, puis un long trajet en voiture… Sans cesse l'appel d'un sommeil comateux pour étouffer la douleur lancinante – un tam-tam infernal dans son crâne.

Lorsque Eleanor ouvrit les yeux, elle n'aurait su dire depuis combien de temps elle dormait, ni où elle était. Elle entendait quelque chose au-dehors. Des cris d'oiseaux ?

Un grondement fit vibrer l'air, et elle frémit. On aurait dit un son préhistorique. La porte s'ouvrit doucement, et Jace apparut.

— Ah ! Enfin réveillée ?

Elle se redressa dans son lit et lui décocha un regard angoissé.

— Je crois que je viens d'entendre un… un lion ! Où sommes-nous ?

Les rideaux tirés sur la fenêtre l'empêchaient de discerner les couleurs de la grande chambre au mobilier simple et fonctionnel.

— En Afrique, répondit-il en souriant. Pour être plus précis, en Tanzanie. Et encore plus spécifiquement : dans la réserve nationale de Sérengéti. Comment va ta migraine ?

— Disparue.

Elle le fixa avec attention. Il était plus séduisant que jamais, dans un T-shirt blanc et un pantalon en toile kaki.

Bon sang, elle ne se rappelait même pas quand et

comment elle s'était habillée pour voyager, et elle sentait bien qu'elle avait les cheveux en désordre et que…

— Tu as dix minutes pour prendre une douche avant de venir avaler le petit déjeuner, prévint-il en regardant sa montre. Nous allons devoir partir vite.

— Partir ? Où ça ?

— C'est une surprise.

Eleanor sentit son cœur battre à un rythme frénétique. Désireux de lui faire plaisir, il l'emmenait en voyage de noces là où elle avait rêvé de se rendre un jour. Ce Jace-là était celui dont elle était tombée amoureuse : il était donc beaucoup plus dangereux que le lion qu'elle venait d'entendre.

Une demi-heure plus tard, vêtue d'une veste saharienne en coton, d'un jean et de solides bottines, elle s'agrippait à la poignée du siège passager de la jeep. Le bleu indigo du ciel paraissait magique, comme les zébrures orangées du soleil. L'immensité des plaines de la réserve réputée dans le monde entier lui coupait le souffle et, au volant, Jace affichait toujours un sourire aussi mystérieux que ravi.

Soudain, au travers des acacias géants, Eleanor aperçut un ballon vert et une équipe occupée à le gonfler.

— Ah, notre véhicule, lança Jace en arrêtant la voiture.

La brume du petit matin se levait, et elle murmura :

— Ce n'est pas possible… Je vais me réveiller, et me rendre compte que ce n'était qu'un rêve ?

Sa réaction parut faire plaisir à son compagnon.

— C'est une grande nacelle, annonça-t-il. Le pilote va nous servir de guide pour ce premier vol mais, dès que l'agence aura vérifié la validité de ton brevet, tu pourras nous conduire toi-même dans les airs.

Follement excitée, Eleanor monta dans le panier et regarda Jace la suivre.

— Mais tu n'aimes pas les hauteurs, soupira-t-elle.

Je ne veux pas que tu te forces à m'accompagner si tu n'en as pas envie.

— N'espère pas te débarrasser de moi si aisément, rétorqua-t-il en riant.

Le cœur d'Eleanor débordait de gratitude. Quand il lui prit la main, elle sentit une délicieuse chaleur l'envelopper.

— Qu'est-ce qui me vaut cette merveilleuse surprise ? demanda-t-elle.

Il entrelaça plus étroitement ses doigts aux siens.

— Je sollicite une trêve pour toute la durée de notre mariage. Tu vois, pour te convaincre de mes bonnes intentions, je suis même prêt à risquer une crise cardiaque !

Comme la nacelle tanguait au-dessus du sol, il blêmit vivement, et Eleanor se mit à rire.

— Je t'assure qu'il n'existe pas de mode de déplacement aérien plus sûr que la montgolfière, promit-elle.

Le ballon s'élevait, et Jace jeta un regard terrifié au-dessous d'eux.

— Bien sûr, coassa-t-il. Nous sommes dans un panier accroché par des ficelles à une grosse nappe chauffée au bec benzène… Que peut-on imaginer de plus rassurant ?

Elle rit encore et lui désigna le paysage d'un ample geste.

— Regarde ces merveilles ! C'est extraordinaire…

Yaro, le pilote, venait d'atteindre le niveau d'altitude de croisière, et Eleanor retenait son souffle. Tout était nouveau : la palette des ocres de la terre, l'épaisseur sauvage de la végétation, l'impression d'espace, les parfums et la tiédeur, et surtout…

— Jace ! Des girafes ! Tu les vois ? Oh mon Dieu, il y a même un girafon !

— Vous allez pouvoir admirer de nombreuses espèces, renchérit Yaro en souriant. Notre réserve nationale contient la plus importante population africaine de lions. Tournez la tête vers l'est, vous apercevrez bientôt les zèbres et les éléphants.

Lovée au creux de l'épaule de Jace, Eleanor ignorait les battements frénétiques de son cœur et emplissait son regard de mille splendeurs. La transparence de la lumière l'émerveillait, et elle sentait naître en elle une nouvelle passion : l'Afrique.

Ce panorama sauvage surpassait ses attentes.

— Je crois que je n'avais jamais rien vu de plus beau sur cette terre avant aujourd'hui, murmura-t-elle, très émue.

— Moi non, plus, souffla-t-il, sans la quitter des yeux.

La journée qu'Eleanor venait de vivre relevait de l'enchantement. Après leur promenade en ballon, le guide les avait conduits en bordure d'un lac où ils avaient déjeuné en admirant les envols des flamants roses. Elle était tellement fascinée par le plumage de ces immenses oiseaux qu'elle aurait pu rester immobile et silencieuse pendant des heures à les regarder prendre leur gracieux élan.

Le safari en jeep leur avait ensuite permis d'observer une marche impériale d'éléphants et, ce qui était rare, d'apercevoir un rhinocéros noir. Eleanor avait versé une larme en fin d'après-midi, comme ils dominaient un panorama somptueux depuis une colline et qu'elle suivait chaque mouvement d'une lionne à l'aide de ses jumelles.

— L'Afrique est mille fois plus belle et surprenante que dans mes rêves les plus fous, avoua-t-elle à Jace.

Derrière ses lunettes noires, elle devinait son regard complice et, blottie contre lui sur la banquette avant, elle avait senti un désir surpuissant s'allumer en elle.

Le soir tombé, ils étaient rentrés à l'hôtel où elle s'était offert un merveilleux bain moussant – indispensable pour se débarrasser de toute la poussière accumulée au cours de leurs aventures.

Ils occupaient la plus belle suite de l'établissement, au dernier étage, et disposaient d'une terrasse privée où ils dégustèrent un dîner succulent, sous un ciel rempli d'un milliard d'étoiles.

— C'est incroyable, murmura-t-elle. La lune est tellement énorme, tellement proche, qu'on a l'impression de pouvoir la toucher !

Lorsque Jace acquiesça, elle sentit un frémissement la parcourir. Il était venu s'installer à côté d'elle après le dessert. Si près que son parfum délicieusement masculin chatouillait ses narines et que la chaleur de son corps massif la troublait. Pour la soirée, il avait revêtu un pantalon noir et un T-shirt qui révélait avantageusement sa musculature.

Eleanor déglutit lentement. Elle ne portait rien d'autre qu'un slip en dentelle sous sa longue robe portefeuille de soie couleur cuivre. En cet instant, elle éprouvait une conscience aiguë de sa quasi-nudité, ainsi que le confirmaient les ondes de désir qui lui traversaient le bas-ventre.

Jace se leva et alla brancher la hi-fi du salon. Un air de jazz s'éleva dans l'atmosphère chaude et humide, et elle sentit sa fièvre monter d'un degré.

D'un geste languide, il prit sa main dans la sienne, l'invita à se lever et proposa :

— Tu m'accordes cette danse ?

Impossible de résister à son regard de braise, ni à une invitation si romantique. C'était leur première danse en tant que mari et femme et, cette fois, le léger vertige qui s'emparait d'elle ne devait rien à l'alcool. Savourant le contact de ses larges mains sur sa taille, tandis qu'ils esquissaient un langoureux pas de valse sous la voûte étoilée, elle s'abandonna au plaisir d'être dans ses bras.

La timidité de sa toute jeune épouse semblait s'évanouir.

Jace sentait ses défenses tomber les unes après les autres et ne parvenait plus lui-même à juguler la force de son désir.

La musique se tut, et il arrima son regard au sien. Enlacés sous les étoiles, ils restèrent immobiles un instant et, lorsqu'il se pencha sur ses lèvres, elle accueillit son baiser avec un soupir explicite… Oui, elle avait envie de lui, et il retrouvait en elle la fièvre de leurs premières rencontres.

Avec ferveur, elle se plaqua contre lui pour l'inviter à approfondir leur étreinte, et il sentit ses tétons durcis effleurer ses pectoraux. Leurs bouches s'entre-dévoraient, leurs langues se mêlaient dans des caresses de feu. Il glissa une main dans l'entrebâillement de son audacieux décolleté – dont il avait eu le plus grand mal à détacher ses yeux durant toute la soirée.

La peau si fine et si douce de ses adorables seins, fermes et gonflés de désir, allait lui faire perdre la tête. Il se mit à les caresser et, incapable de refréner son envie d'en découvrir davantage, défit le simple nœud qui tenait sa robe pour s'aventurer sur ses hanches, puis sur son ventre.

— Oh ! Jace…

Découvrir qu'à l'exception de son petit slip en dentelle elle était entièrement nue sous la soie enflammait ses sens. En caressant son entrejambe, il sentit le tissu humide et brûlant.

N'y tenant plus, d'un mouvement souple, il la souleva dans ses bras pour la porter jusque dans leur chambre. En la déposant sur le matelas, il lui ôta sa robe et s'allongea aussitôt contre elle pour caresser ses épaules frêles, la ligne impeccable de son buste, la courbe généreuse de ses hanches et ses longues jambes fines. Puis, il effleura lentement son dos, remontant le long de sa colonne.

— Est-ce que ça te fait mal ? chuchota-t-il.

Elle s'était soudain tendue et répondit d'une voix à peine audible :

— Non. Mais comment peux-tu toucher *ça* ?

Jace fronça les sourcils.

— Tu regardes souvent ta cicatrice ?

— Jamais !

Elle le dévisageait avec un mélange d'effroi et de honte.

— Je t'en prie, ne la regarde pas… Je déteste mon corps.

— Eleanor, souffla-t-il en déposant un baiser d'une infinie tendresse sur ses petites mains tremblantes. Viens avec moi.

— P… Pourquoi ?

— Fais-moi confiance, insista-t-il en l'entraînant au fond de la chambre, près d'une console servant de meuble de toilette et d'une grande psyché.

Il lui sourit et la positionna en biais et de dos pour qu'elle puisse se voir dans le miroir. Elle semblait incertaine, mais se montra docile.

— La cicatrice que tu as réellement dans le dos ne correspond pas à celle que tu gardes dans ton imagination, dit-il. Il y a une douzaine d'années que tu as été opérée. Je veux bien croire que, juste après la chirurgie, la chair était rose et abîmée. Mais, si tu veux bien regarder, tu constateras par toi-même qu'il s'agit désormais d'une ligne blanche très fine. Elle est longue mais presque lisse, et elle ne retire rien à ta beauté.

Il vit sa gorge se contracter, comme elle déglutissait lentement.

— Elle n'est… Non, elle n'est pas aussi effroyable que je le pensais, admit-elle.

Avec émotion, il s'aperçut que quelque chose changeait dans le regard qu'elle portait sur elle-même.

— Mais mon corps reste abîmé, soupira-t-elle. Imparfait.

— Ton corps ne serait pas le tien sans cette cicatrice.

Un philosophe, Matshona Dhliwao, a écrit que les cicatrices sont les marques de beauté des guerriers. Tu es une guerrière, Eleanor.

Une larme venait de rouler sur la joue de la jeune femme.

— Ce n'est pas ta cicatrice qui te définit, ajouta-t-il. Mais ta force et ta grande compassion sont le résultat de ce que tu as enduré.

Eleanor leva vers lui un regard plein d'espoir. Elle ne se sentait pas vraiment comme une guerrière, mais tant de choses sonnaient juste, dans ce qu'il venait de dire, qu'elle était au moins momentanément délivrée de son complexe.

Le plus important, c'était qu'elle ne le révulsait pas.

Frémissante, comme le silence était retombé, elle le vit porter une main à son pantalon et le déboutonner lentement. Elle retint son souffle. En un instant, il se débarrassa de tous ses vêtements. Et il apparut entièrement nu face à elle. Magnifique. Semblable à une statue taillée par un maître de la Renaissance, avec ses épaules et ses biceps massifs, son large torse et la fine toison noire courant sur son ventre, jusqu'à… Jusqu'à son sexe dressé, énorme, fascinant.

— Si tu continues à me regarder comme ça, ça va rapidement devenir embarrassant, prévint-il d'une voix rauque. Or je veux que ta première fois soit un bon souvenir.

Ainsi, il avait deviné. Oh ! elle n'en était guère étonnée, ni embarrassée.

— Je n'ai jamais touché un homme *là*, confirma-t-elle en avançant une main timide vers sa verge.

Il sursauta lorsqu'elle effleura d'un geste languide la longueur de sa verge, émerveillée par la douceur de sa peau sur le membre d'une rigidité parfaite.

— *Theos* ! Tu veux me tuer, lâcha-t-il.

Il lui saisit le poignet et l'aida à caresser son sexe de haut en bas, sur un rythme très régulier.

— Comme ça ? s'enquit-elle.

Le son que produisit Jace la remplit de fierté, et elle repoussa son aide pour continuer seule, ravie par les effets qu'elle produisait sur lui.

— Oui, exactement comme ça, *pouláki mou*…

D'un geste autoritaire, elle le poussa vers le lit et, dès qu'il bascula sur le matelas, vint s'agenouiller près de lui pour recommencer sa lente exploration du plaisir masculin.

Bientôt, elle sentit les doigts fiévreux de Jace lui rendre ses faveurs et s'infiltrer sous la dentelle humide de son slip. Une onde de désir surpuissante la traversa, et le brasier de son bas-ventre se ranima avec une telle énergie qu'elle lâcha un cri.

Dans une sorte de grondement félin, Jace se redressa pour happer sa bouche d'un baiser enflammé tandis qu'il la débarrassait de son slip. Eleanor ferma les yeux. Son cœur battait si fort qu'elle l'entendait marteler ses tempes. Dans ses veines, son sang courait, furieux, et sa chair s'abandonnait à une incandescence inconnue.

Elle cria encore lorsqu'il se mit à caresser ses seins, à en agacer la pointe entre ses doigts habiles. C'était comme si son corps tout entier se réveillait, s'animait, révélant des facultés jusqu'alors endormies, ou peut-être un sens nouveau – le plaisir pur. Par vagues, cette sensation la soulevait.

Lorsqu'il posa sa bouche sur ses tétons, une nouvelle salve électrique la secoua. Sans pitié, il lui infligea une longue et merveilleuse torture, d'abord en la léchant, puis en l'aspirant, et en suçant la chair rose et sensible de ses seins. Elle croyait avoir atteint la cime du plaisir lorsqu'elle sentit une nouvelle fois ses doigts experts jouer dans les boucles blondes de son sexe, et s'aventurer peu à peu vers son clitoris.

Une seconde fois, elle se laissa projeter dans une dimension sensorielle radicalement nouvelle. Cambrée sous ses caresses, elle gémit tandis qu'il traçait, avec une légèreté ensorcelante, des cercles au centre de sa vulve ruisselante de désir.

Machinalement, elle ouvrit les cuisses, haletante, l'invitant à s'enfoncer en elle, mais Jace prit tout son temps avant d'introduire – lentement, très lentement – son doigt dans le volcan de son bas-ventre. C'était incroyable et, durant une longue minute, elle se tortilla de ravissement, comblée. Puis vint l'envie, impérieuse, tyrannique : elle en voulait davantage, encore plus…

— Oh ! je t'en prie, Jace…

Cette attente la rendait folle. Elle avait besoin qu'il vienne.

— Je sais, Eleanor *mou*, chuchota-t-il sans cesser de la torturer par la lenteur diabolique de ses caresses.

En sueur, elle l'agrippa par le cou, puis planta ses ongles dans ses omoplates.

— Je t'en prie, répéta-t-elle en le sondant d'un regard intense. Viens !

Elle s'attendait à une douleur vive. Ou au moins à une sensation d'inconfort… Mais lorsque Jace bascula sur elle pour la pénétrer très doucement, elle n'éprouva rien d'autre que le vertige brûlant d'un plaisir âpre et sauvage. Et, dès qu'il se mit à aller et venir en elle, elle s'abandonna au gré du courant furieux qui l'emportait. Son cœur entama un tam-tam tribal et, enroulant ses cuisses autour des reins de son amant, elle se joignit à ses mouvements, ondulant sur le rythme lancinant qu'il imprimait à leur étreinte.

Jace l'embrassait avec ardeur, et elle s'agrippait à lui. Leurs corps s'emboîtaient si bien qu'ils semblaient maintenant indissociables et aimantés, leurs effluves se confondant en vapeur enivrante. Chaque fois qu'Eleanor se sentait happée par le plaisir, une nouvelle vague de sensations, plus intense encore, la submergeait tel un tsunami. Brûlante, elle tremblait de ravissement quand, soudain, l'orgasme la secoua de spasmes si purs qu'elle crut perdre connaissance et lâcha une longue plainte avant de retomber, à bout de souffle, sur le matelas.

Longtemps, lovés l'un contre l'autre, ils écoutèrent le battement affolé de leurs cœurs s'apaiser, mais Eleanor parvenait encore difficilement à croire qu'elle venait de vivre quelque chose de réel. C'était phénoménal. Comme si la liberté, en même temps qu'un bonheur parfait, venait de l'habiter.

— Tu es incroyable, *omorfiá mou*, murmura-t-il en se redressant sur un oreiller.

Il l'attira au creux de son épaule et déposa un baiser léger sur ses cheveux ébouriffés.

— Les quelques mois que nous allons partager promettent d'être inoubliables, ajouta-t-il.

À peine eut-il prononcé ces mots qu'elle se sentit brutalement chuter de son nuage et revenir sur le sol ferme. Qu'avait-elle imaginé ? Quelques mois. Au cas où elle l'aurait oublié, leur mariage était un contrat à durée déterminée… dont le seul but était, pour lui, de récupérer ses parts du Pangalos.

12.

— Alors ? Qu'est-ce que ça te fait de revenir au Pangalos ? demanda Jace à sa mère. Il nous aura fallu de la patience, mais la part qui nous revient de plein droit nous est enfin restituée.

Depuis la terrasse du restaurant où il avait conduit Iliana dans son fauteuil roulant, la vue était spectaculaire. Ils dominaient la plage privée au-delà de laquelle s'élevaient les bungalows, dans le parc paysager planté d'oliviers, de citronniers et de figuiers.

— L'hôtel a beaucoup changé, depuis l'époque où Dimitri en était propriétaire avec Kostas, répondit Iliana d'un ton admiratif. Les nouveaux aménagements sont splendides. La décoration a été pensée dans les moindres détails, elle est d'un goût irréprochable, et tout ce luxe respecte l'âme des lieux.

Elle soupira avant d'enchaîner :

— Il faut reconnaître à Kostas qu'il a toujours eu l'œil d'un visionnaire. Ton père se satisfaisait du climat chaleureux et simple d'une pension de famille, mais il est vrai que les bénéfices ne suivaient guère. Aujourd'hui, le Pangalos est considéré comme l'un des plus beaux complexes de tout le pays.

— Je suis sûr que sa réputation aurait évolué de la même manière sous la direction de papa, répliqua Jace avec loyauté.

Ce n'était pas la première fois que sa mère insinuait que Dimitri manquait de sens des affaires. Certes, contrastant avec la brutalité de Kostas, son père avait toujours été un homme de scrupules et de principes.

Jace prit une longue inspiration. Depuis son retour d'Afrique, sa relation avec Eleanor s'était tendue. Refusant de vivre avec lui dans la maison de Thessalonique, elle s'était installée au Pangalos.

— Il est indispensable que je sois sur place pour régler tous les problèmes laissés par mon frère, avait-elle argué. C'est à deux heures de route de ton bureau : chacun vaquera à ses affaires la semaine, et nous nous retrouverons le week-end.

— Mais tu es ma femme. Notre mariage ne paraîtra guère convaincant si nous passons plus de la moitié du temps éloignés l'un de l'autre.

Dans un premier temps, il avait voulu interpréter comme un signe positif le fait qu'Eleanor n'espère pas que leur vie commune en Grèce soit le prolongement de leur lune de miel africaine. Les deux semaines passées à explorer les parcs nationaux le jour et à faire l'amour chaque nuit avaient été tout simplement fabuleuses. L'éveil de son épouse aux plaisirs charnels lui avait montré, à lui aussi, le monde de l'érotisme sous un jour neuf. Ensemble, ils étaient comme deux êtres qui découvraient l'amour physique, et l'audace d'Eleanor le galvanisait. Il n'avait jamais eu de maîtresse aussi avide, aussi insatiable, aussi curieuse.

À la magie de leurs nuits blanches s'était conjuguée l'excitation des aventures quotidiennes dans les réserves nationales de Tanzanie, et Jace éprouvait une certaine fierté à savoir maintenant voler en ballon auprès de sa femme sans souffrir de vertige.

Pas un jour ne passait sans qu'Eleanor ne l'étonne par

son courage, son sang-froid, la finesse de ses observations – et son flair de femme d'affaires. Vaincu, il s'était résolu à la rejoindre au Pangalos pour le week-end.

— Tu es certaine de ne pas vouloir t'installer ici ? insista-t-il auprès de sa mère. Notre ancien appartement est prêt pour toi. Avec Eleanor, nous occupons un bungalow.

Iliana secoua la tête.

— Non. J'y ai été heureuse avec ton père et toi, mais cela n'aurait plus vraiment de sens pour moi d'y habiter sans lui. Pourquoi ne vous installez-vous pas dans l'appartement ?

— Parce que nous espérons encore que tu changeras d'avis, bougonna-t-il.

— Anna est une aide à domicile parfaite. Je me sens très bien à Thessalonique, et je ne risque rien tant qu'elle veille sur moi. Un jeune couple a besoin d'intimité, et… j'espère que vous m'annoncerez bientôt que je vais être grand-mère ?

À ces mots, Jace pâlit.

— Tu plaisantes ? Nous venons de nous marier. Nous avons le temps…

Irrité, il poussa le fauteuil roulant d'Iliana vers l'accueil de l'hôtel : Anna ne tarderait pas à arriver avec la limousine pour ramener sa mère chez elle.

— N'attendez pas trop longtemps avant de fonder une famille, conseilla-t-elle. Tu ne peux pas savoir combien je suis heureuse que tu aies trouvé Eleanor. C'est la femme idéale pour toi. Elle est parfaite.

Non sans réprimer un frisson, Jace se rappela le sentiment de bien-être absolu qu'il éprouvait la nuit, quand il ouvrait un œil et qu'il trouvait sa femme près de lui. Son visage endormi lui procurait une sensation de réconfort un peu trop intense… Parce que le sexe était fantastique, songea-t-il aussitôt. Rien d'autre. D'ici quelques semaines, sa fascination s'éroderait.

Il aida sa mère à s'installer sur la banquette et replia le fauteuil que le chauffeur rangea dans le coffre. Le cœur lourd, il l'embrassa, échangeant un regard inquiet avec Anna : les signes de la maladie étaient de plus en plus visibles.

Un long moment après le départ de la voiture, il resta immobile et pensif, sur le seuil de l'hôtel. Bientôt, il perdrait sa mère. Viendrait alors le moment de divorcer.

Au réveil, Eleanor se leva pour ouvrir la fenêtre du balcon et savourer la caresse de l'été.

Dans la grande chambre du bungalow, le soleil illumina aussitôt les murs blancs. Au travers des voilages, il renvoyait le miroitement de la piscine. À l'extérieur, le long de la façade fleurissaient les bougainvilliers que le mois d'août rendait rose fuchsia, et leurs pétales tranchaient sur le bleu céruléen du ciel.

Pourquoi le nier ? Eleanor était tombée amoureuse de la Grèce mais, à la vérité, elle aurait pu être heureuse n'importe où dans le monde avec Jace. Elle aimait cette nouvelle vie, entre la villa à Thessalonique et la direction du Pangalos, sur la péninsule.

Prudence, songea-t-elle en passant dans la salle de bains. Récemment, elle s'était rendu compte qu'elle pourrait facilement retomber amoureuse de lui.

Au retour de leur lune de miel, un ajustement avait été nécessaire. Elle avait su tenir tête à Jace qui entendait la contraindre à suivre son mode de vie, et elle ne le regrettait pas car, depuis, ils formaient un binôme très efficace au travail, et chacune de leurs nuits ensemble était un merveilleux rodéo.

Oui, elle se sentait plus épanouie que jamais. Remettre l'hôtel sur les rails d'une gestion saine n'était pas une mince affaire, et Jace lui avait souvent exprimé son admiration devant son efficacité. Il endossait sa part de travail en mettant à sa disposition son important carnet d'adresses, et ils venaient d'organiser un grand gala de charité, attirant toute la jet-set du Sud de l'Europe.

Après la parenthèse enchanteresse en Afrique, elle s'était promis de ne plus songer à la fin de leur union pour se concentrer sur l'instant présent… La plupart du temps, elle y parvenait. Naturellement, il arrivait parfois, après leurs ébats enfiévrés, qu'elle se réveille la nuit et qu'elle le regarde dormir en se demandant pourquoi le destin lui offrait ce bonheur provisoire.

Lorsqu'elle rejoignit Jace dans la cuisine, elle le trouva déjà prêt : vêtu d'une chemise blanche impeccable et d'un costume bleu marine à rayures. Il se levait presque toujours avant elle et, lorsqu'il devait rentrer à Thessalonique, ne manquait jamais de lui porter sa tasse de thé au lit. Ce genre de petites attentions l'emplissait de tendresse. Il lui offrait également des fleurs ou des petits cadeaux : un livre dont elle avait mentionné le titre en précisant qu'elle avait envie de le lire, ou de ravissantes boucles d'oreilles en argent.

Ayant toujours aimé cuisiner, elle lui rendait la pareille en le surprenant avec son dessert grec favori ou un copieux petit déjeuner à l'anglaise. Elle s'assurait qu'il ne manque jamais de son whisky préféré. Leur relation n'avait rien du mariage artificiel qu'elle redoutait tant, et elle devait admettre qu'il était très agréable de pouvoir compter sur lui.

Et puis elle lui devait quelque chose d'incroyable. Grâce à lui, elle avait définitivement tourné la page sur douze ans de complexe physique douloureux. Sans avoir atteint le stade de porter des décolletés plongeants dans le dos, elle ne songeait plus à sa cicatrice. Désormais, elle se baignait dans la piscine ou dans la mer en bikini, portait des robes bain de soleil à fines bretelles, et se sentait libérée d'un poids terrible.

Le soir du gala, Jace l'avait complimentée sur son long fourreau à col bateau qui dévoilait amplement sa nuque jusqu'en haut des omoplates, et la sincérité qu'elle lisait dans son regard valait tout l'or du monde. Jamais elle n'oublierait qu'il avait fait d'elle une guerrière armée de fierté.

Pour autant devait-elle risquer une nouvelle fois son cœur ? Elle le connaissait mieux. Sa personnalité lui plaisait. Elle savait bien qu'au fond son mari était un homme honnête et loyal, piégé par la promesse de vengeance faite à un père mourant.

Quant à elle, près d'un an et demi plus tôt, elle était alors une jeune fille un peu trop prompte à croire à la perfection d'un prince charmant arrivé comme par magie sur son cheval blanc. Sans doute espérait-elle qu'il la sauve, or cette charge lui revenait. C'était à elle de résoudre ses contradictions, de surmonter ses phobies.

En grandissant, elle n'avait songé qu'à plaire au grand-père qu'elle juchait sur un piédestal, pour gagner son affection et sa confiance. Bloquée dans ce schéma, elle l'avait reproduit avec Jace lors de leur rencontre.

Le bruit des pales d'un hélicoptère lui parvint, et elle leva un regard attristé vers Jace.

— C'est Sotiri qui vient pour me déposer à l'aéroport, lança-t-il.

Il poussa un profond soupir en reposant sa tasse de café et enchaîna :

— À vrai dire, je ne piaffe pas d'impatience à la perspective de ce vol interminable pour l'Australie… Tu es certaine de ne pas vouloir m'accompagner ?

— Il vaut mieux que je sois ici durant ton absence pour rendre visite à ta mère.

La santé d'Iliana s'était dégradée, et son médecin redoutait qu'elle ne tienne pas jusqu'à Noël. Elle restait désormais alitée dans sa chambre ou sur son divan et, la charge des soins s'alourdissant de jour en jour, deux personnes employées à plein temps secondaient Anna. Jace s'efforçait de télétravailler davantage pour passer plus de temps auprès d'elle, à la villa.

— Qu'est-ce que tu as ? Tu es toute pâle, s'enquit-il soudain en la scrutant avec attention.

— Oh ! ce n'est rien. Le manque de sommeil, comme toi.

Ils échangèrent un sourire complice.

— Dans ce cas, il va falloir que tu récupères vite le sommeil en retard parce que, dès mon retour, je compte t'épuiser. D'ailleurs…

Baissant les yeux sur sa montre, il la prit dans ses bras, cherchant à l'entraîner vers la chambre et faire l'amour avec elle une dernière fois avant de s'envoler.

Mais la pensée de la mort prochaine d'Iliana venait de ranimer l'angoisse d'Eleanor. Le divorce suivrait immédiatement les obsèques. La nausée la prit, et elle se dégagea de son étreinte.

— Bon, eh bien au revoir, conclut-il avec mauvaise humeur. Je vais te manquer, au moins ?

— Oh ! l'hôtel me tiendra occupée, répliqua-t-elle.

Il fit claquer ses doigts et s'exclama :

— À propos, mon avocat passera te voir en mon absence pour que tu signes le projet de construction de la salle d'exposition dans le complexe.

Le cœur lourd, elle acquiesça en silence et le regarda ramasser son attaché-case, puis sortir. Puis elle cacha son visage dans ses mains, regrettant son mensonge. Il allait terriblement lui manquer.

Le lendemain matin, Eleanor était assise sur le rebord de la baignoire, tenant anxieusement le test de grossesse dans l'attente du résultat.

Durant la nuit, ne parvenant pas à trouver le sommeil, elle avait avalé deux gélules du somnifère à bases d'herbes qu'elle prenait depuis quelques semaines. Pour la première fois, elle avait lu entièrement la notice, et son cœur s'était arrêté devant cette mention :

« Déconseillé aux femmes enceintes ou prenant la pilule. »

Le médicament altérait l'effet de son contraceptif ! Les nausées, les baisses de régime subites durant la journée… Tout concordait.

Lorsqu'elle vit apparaître deux barres bleues sur le test, elle se sentit chanceler. Positif.

Oh ! bon sang, qu'est-ce que Jace allait dire ? Penserait-il qu'elle l'avait fait exprès ? Elle était quasiment certaine qu'il ne voulait pas avoir d'enfant, en tout cas pas avec une femme assurée de devenir son ex-épouse sous quelques mois !

Baissant les yeux sur le cadran de sa montre, elle réalisa qu'elle n'avait guère le temps de se lancer dans des atermoiements sans réponse, car il était 10 heures et elle avait rendez-vous avec l'avocat de Jace.

Non sans mal, elle s'efforça de dominer sa panique et se précipita à son bureau. L'homme que fit entrer son assistante n'était pas Vangelis Stavridis, le vieil homme avec qui elle et Jace avaient signé leur contrat de mariage, mais une jeune recrue de l'équipe juridique de Zagorakis International.

Souriant sous sa fine moustache, Orestis Barkas lui serra vigoureusement la main.

— Je vous porte toute une liasse de documents qui

requièrent votre signature, déclara-t-il en disposant plusieurs chemises sur sa table de travail.

Levant les yeux au ciel, il soupira.

— Ah, la bureaucratie grecque ! Comme vous pourrez le remarquer, votre mari a déjà tout paraphé, tout signé. Vous n'avez qu'à apposer votre autographe au bas de chaque page.

L'épaisseur de la pile fit froncer les yeux à Eleanor mais, en dépit de l'aimable invitation du jeune avocat, elle n'avait pas l'intention de signer à tour de bras. Son grand-père lui avait enseigné quelques règles d'or pour réussir dans les affaires, à commencer par celle de lire chaque ligne d'un contrat – et plutôt deux fois qu'une.

Une heure et demie plus tard, elle s'était engagée à respecter les innombrables normes de conformité architecturale, de sécurité, d'hygiène et de respect de l'environnement liées à la construction de la salle d'exposition, et, alors qu'elle se plongeait dans un nouveau contrat, son hôte parut perdre patience.

— Comme je vous le disais en arrivant, votre mari a déjà tout validé, insista-t-il.

— Je n'en doute pas, répondit-elle d'une voix blanche, tandis que le sol semblait se dérober sous ses pieds.

Là, noir sur blanc, elle lisait la clause d'un nouveau contrat de mariage précisant qu'à leur séparation Jace obtiendrait non pas cinquante pour cent mais *l'intégralité* du capital du Pangalos. Si elle signait ce document, il n'y aurait pas de retour en arrière possible. L'hôtel serait à lui.

Par un prodigieux effort, Eleanor parvint à cacher sa détresse à son visiteur.

— Laissez-moi tout cela, proposa-t-elle. Je vous ferai porter la liasse par coursier dès que j'en aurai terminé, cela vous convient ?

Dès que l'homme disparut, Eleanor se leva et s'apprêta à quitter son bureau.

— Quelque chose ne va pas ? s'enquit sa secrétaire en la dévisageant avec inquiétude.

— Je ne me sens pas très bien, admit-elle. Je vais rentrer chez moi et me coucher un moment.

En parvenant dans sa chambre, elle ne pleura pas. Elle n'en avait pas la force. Devant elle, elle voyait le lit où Jace et elle avaient fait l'amour, dormi l'un contre l'autre, partagé des grasses matinées…

Il n'avait jamais dissimulé son intention de prendre le contrôle du Pangalos. Mais ils s'étaient promis la franchise. Ils avaient trouvé un accord. Au fond de son âme, elle avait cru impossible qu'il la trompe une seconde fois.

Hélas, il avait une pierre à la place du cœur. Cette maudite clause démontrait que rien, absolument rien, ne l'intéressait en dehors de l'hôtel. Oh ! naturellement, il savait se montrer enthousiaste au lit. Leur passion devait représenter à ses yeux une sorte de bonus agréable…

Et les conséquences ? Sa grossesse ? Non, il ne voudrait jamais en entendre parler.

Furieuse contre elle-même, elle se reprocha de n'avoir pas été capable de se protéger. Car il était inutile de prétendre le contraire : elle était amoureuse de lui. Peut-être n'avait-elle jamais cessé de l'aimer, depuis Paris. Oh ! quelle idiote !

Des larmes de rage se mirent à couler sur ses joues en feu, et elle sortit s'installer devant la piscine en maudissant son incorrigible naïveté. La revanche ! Il ne connaissait rien d'autre !

Lorsque son smartphone vibra dans sa poche, elle lut le message que lui adressait son mari :

Il est minuit, ici, et je vais me coucher. Je donnerais n'importe quoi pour que tu sois ici, *pouláki mou*. À mon retour, il faudra qu'on parle.

D'un geste rageur, elle jeta l'appareil dans la piscine avant de rentrer au bungalow. Dans l'intérêt du bébé, il fallait qu'elle se calme, qu'elle se repose.

Mais, dans la salle de bains, elle s'aperçut qu'il n'y aurait pas de bébé. La légère douleur qu'elle subissait depuis son lever se transforma en crampe douloureuse tandis que le sang coulait dans la cuvette.

Une brève recherche sur Internet lui apprit qu'une fausse couche précoce se manifestait ainsi et qu'il s'agissait d'un phénomène commun. Il était inutile qu'elle consulte un médecin, sauf si le saignement devenait important.

Eleanor se sentait accablée et n'avait nullement l'intention de se répéter des mensonges auxquels elle ne croyait pas. Un bébé aurait été un lien merveilleux avec Jace. Mais ses émotions suivaient un parcours de montagnes russes. Savoir qu'elle attendait un enfant, puis qu'elle le perdait, et que le père venait de la trahir une seconde fois… C'était trop.

Beaucoup trop.

13.

Le voyage d'affaires à Perth avait été mené tambour battant, et le vol de retour parut interminable, mais Jace sentait son énergie intacte à la perspective de retrouver Eleanor.

Dans l'hélicoptère qui le conduisait au Pangalos, il se félicita d'avoir pu réduire son séjour de dix jours à six, sans pour autant priver Zagorakis International des partenariats indispensables à son expansion australienne. Il s'aperçut cependant que sa satisfaction était bien moins liée à ses succès professionnels qu'à la perspective des retrouvailles conjugales.

Sur place, cent fois par jour, il s'était surpris à rêver du sourire d'Eleanor, de son corps infiniment désirable, de sa façon tendre et familière de se pendre à son cou, le matin.

La femme d'affaires qu'elle était lui avait également manqué. Il adorait travailler avec elle, découvrir combien elle était rapide et efficace dans ses analyses, toujours ouverte aux idées des autres, jamais en reste d'un nouvel angle d'attaque commerciale. Il était clair qu'elle avait hérité de la clairvoyance et du talent de Kostas.

En quittant l'héliport, comme il traversait la grande terrasse de l'hôtel, il s'étonna de voir toutes les fenêtres de leur bungalow plongées dans l'obscurité. La jeune femme travaillait-elle encore à son bureau à cette heure avancée ?

Intrigué, il entra et, en allant déposer sa valise, aperçut un rai de lumière sous la porte de la chambre.

— C'est moi ! cria-t-il, triomphant.

Sa joie s'évanouit en un instant, et il sentit son rythme cardiaque s'alourdir en découvrant son épouse debout, occupée à ranger des piles de linge dans sa valise.

— Tu pars en voyage ? s'enquit-il sans y croire lui-même.

Le visage fermé d'Eleanor ne lui laissait guère espérer un week-end en amoureux impromptu.

— Je te quitte, décréta-t-elle en lui envoyant un regard assassin.

Elle était pâle. Ses yeux semblaient cernés. Mais la détermination dans sa voix avait quelque chose de terrifiant. De glaçant. En une fraction de seconde, il se sentit transporté au pied de la falaise où son père allait expirer en lui faisant promettre de venger sa mort… Et le poids d'un nouvel abandon l'accabla.

— Peux-tu au moins m'accorder la grâce de m'expliquer pourquoi ? demanda-t-il sèchement.

— Oui, pourquoi ? railla-t-elle d'un ton acide en faisant volte-face. Oh ! je ne sais pas, Jace ! Peut-être à cause de ça ?

D'un geste furieux, elle lui envoya au visage une liasse de papier et, atterré, il ramassa le projet de contrat de mariage.

— Comment as-tu obtenu ça ? lança-t-il d'une voix blanche.

— À ton avis ? Ton avocat est venu me le remettre en mains propres au milieu d'un tas de papiers à signer de toute urgence ! Ne fais pas l'innocent, s'il te plaît, espèce de sale menteur ! Tu n'as vraiment pas de chance, parce que ton plan tordu et malhonnête ne pouvait pas fonctionner : Pappoús m'a appris à ne jamais signer sans lire.

Il ignora le remords qui le gagnait.

— Je n'ai jamais prié Vangelis de te remettre ce contrat ! protesta-t-il, scandalisé.

Croisant les bras sur sa poitrine sans cesser de le toiser d'un œil noir, elle haussa les épaules.

— Ce n'était pas Vangelis. C'était un jeune, Orestis je-ne-sais-quoi…

— Barkas. Il a rejoint l'équipe juridique récemment et, après une faute aussi grave, il va la quitter séance tenante.

— Inutile de t'en prendre au messager, protesta-t-elle. Peu importe qui m'a remis ce contrat : il est paraphé et signé de ta main, et il te donne tout ce que tu voulais, cent pour cent du Pangalos.

— S'il te plaît Eleanor, supplia-t-il, écoute-moi. Le lendemain du jour où tu as accepté de m'épouser, j'ai prié mes avocats de rédiger ce contrat stipulant que l'hôtel serait à moi à notre divorce, je le reconnais. Et, à mon retour en Grèce, après notre premier vol en ballon tous les deux, j'ai dicté à Vangelis les termes du contrat que nous avons effectivement signé : cinquante pour cent à chacun. C'est le seul contrat légal, et cette ébauche aurait dû être détruite…

Il lâcha une bordée de jurons, tant sa colère envers le jeune juriste était vive.

— *Pouláki mou*, je te dis la vérité, insista-t-il. Je te jure que je n'ai pas cherché à te prendre ta part du Pangalos.

— Cela n'a plus d'importance. Je m'en fiche, répondit-elle en retournant à sa valise. Ce matin, j'ai fait un test de grossesse. Il était positif.

Une sorte de bourdonnement assourdit Jace à ces mots, immédiatement suivi d'un battement frénétique de son cœur. Il ne savait que penser, mais…

— Cela change tout, articula-t-il lentement. Je te l'ai dit, la venue d'un enfant rend notre mariage permanent et…

— Es-tu en train de me déclarer que tu voudrais que

je reste ta femme si je devais mettre un bébé au monde ? coupa-t-elle.

— Oui. Absolument. Le divorce n'est plus envisageable.

— Eh bien il n'y a pas de bébé ! cria-t-elle. Après la visite de ton avocat, j'ai fait une fausse couche !

Sidéré, Jace demeura interdit un instant. Il avait l'impression d'avoir reçu deux coups de massue consécutifs.

— Comment ? Tu as perdu notre enfant à cause du projet de contrat de mariage ?

— Non, souffla-t-elle d'un ton défait. Enfin, je ne crois pas. Le fait est que je ne pensais pas pouvoir tomber enceinte. J'ai pris un médicament sans savoir qu'il altérait l'efficacité de la pilule. J'ai cru que je ne souhaitais pas avoir un bébé, et puis je me suis trompée…

Elle avait l'air tellement désemparée qu'il en fut bouleversé.

— Viens dans mes bras, Eleanor. Tu as eu bien trop d'émotions et…

Elle secoua la tête avec vigueur.

— Je m'en vais, Jace. Ma décision est prise. J'ai eu tort de t'épouser. Je voulais désespérément sauver mon frère de la prison, mais Mark avait besoin d'aide médicale pour se sevrer de sa dépendance au jeu, et j'aurais peut-être mieux fait de le laisser se sauver lui-même au lieu de m'en mêler. Je l'aime beaucoup, mais je ne suis pas responsable de lui.

Déconcerté par la fermeté de ce discours, Jace fixa la jeune femme, qui ne cillait pas.

— Tu es en train de me dire que notre mariage ne te suffit pas ? Qu'est-ce que tu veux, alors ? interrogea-t-il froidement.

— L'amour.

Elle répondit à son froncement de sourcils par un sourire attristé.

— La seule chose que tu ne pourras jamais éprouver pour moi, parce que je suis la petite-fille de Kostas Pangalos. Mais je mérite d'être aimée pour ce que je suis, et non d'être sans cesse ramenée et connectée malgré moi à un désaccord entre ta famille et la mienne, survenu quand je prenais encore le biberon. Je veux aimer un homme qui m'aimera. Lui promettre de le chérir dans une église, devant mes amis et les siens. Et regarder un jour le résultat positif d'un test de grossesse en éprouvant une joie immense et non de la terreur.

Jace secoua lentement la tête.

— Tu es bouleversée parce que nous avons perdu le bébé, n'est-ce pas ?

Elle acquiesça, mais poursuivit :

— J'ai loué un appartement à Thessalonique pour aller rendre régulièrement visite à ta mère dès qu'elle sera transférée à la clinique. Il vaut mieux ne rien lui dire, je ne veux pas assombrir ses derniers moments.

Un long silence tomba dans la pièce. Jace comprit qu'il ne pourrait pas la faire changer d'avis. Il l'avait perdue.

— Visiblement, tu as déjà tout prévu, observa-t-il sombrement.

Un courant d'air glacial le traversait. Il se sentait comme vidé. Anéanti.

Elle prit un stylo sur la commode et signa un papier qu'elle lui tendit.

— Tiens, dit-elle.

— Qu'est-ce que c'est ?

Il baissa les yeux et reconnut la dernière page du projet de contrat par lequel il récupérait le Pangalos.

— La seule chose qui compte pour toi, répondit-elle. Ce que tu as toujours voulu. Félicitations, Jace. Tu as gagné.

Chaque jour en allant retrouver sa mère à la clinique, dans l'unité de soins palliatifs où elle terminait sa vie,

Jace sentait une boule d'angoisse lui nouer le ventre. Car chaque jour elle était amaigrie. Chaque jour elle déclinait.

— Je ne t'attendais pas aujourd'hui, mon garçon, murmura-t-elle en le regardant s'asseoir à son chevet. Eleanor m'a dit que tu travaillais tard. Tu l'as manquée de peu : elle est partie il y a un quart d'heure pour te préparer ton dîner favori.

Ignorant la détresse qui lui étreignait le cœur depuis leur séparation, trois semaines auparavant, Jace embrassa les mains frêles de sa pauvre mère.

Il était reconnaissant à sa future ex-épouse de son tact, du mensonge qu'elle consentait à maintenir dans l'intérêt d'Iliana. Il n'y aurait pas de bon petit dîner concocté par son épouse, ce soir. Il trouverait la villa déserte et silencieuse. Il n'y aurait pas davantage de conversation, ni de rires, pas de film à regarder ensemble dans le salon, ni baisers, ni étreintes… Bon sang, Eleanor lui manquait. Atrocement.

— Je suis sans cesse émerveillée par son cœur d'or, reprit sa mère. C'est fou que la petite-fille de Kostas lui ressemble si peu, non ?

Jace se sentit pétrifié par ces paroles. La voix de sa mère avait faibli et, durant une seconde, il se demanda s'il n'avait pas rêvé. Mais, comme elle plantait son regard dans le sien, il balbutia :

— Mais… Comment l'as-tu appris ?

Un sourire amusé s'esquissa sur ses traits épuisés.

— Je l'ai reconnue tout de suite. Le soir d'orage où tu l'as ramenée à la maison. Quand Kostas est mort, une photo de toute sa famille a paru dans le journal. Cela m'avait intriguée qu'il accorde le contrôle exclusif de ses affaires à une seule petite-fille…

Jace lâcha un long soupir.

— Je ne t'ai rien dit parce que je ne voulais pas te

bouleverser à l'idée que j'épouse un membre de la famille de l'homme qui a tué mon père.

— C'est absurde… Eleanor ne peut pas être tenue responsable des agissements de son grand-père. Et puis, tu sais, j'ai beaucoup pensé à ce qui est arrivé à Dimitri.

— Maman, je t'en prie, ne remue pas ces vieilles douleurs… Laisse le passé où il est.

Ignorant sa demande, elle serra sa main dans la sienne.

— Ma perception des événements a changé, énonça-t-elle. Ton père et moi, nous nous sommes profondément aimés. Il nous a été difficile de concevoir un enfant et, quand tu es né, j'ai vu Dimitri pleurer des larmes de joie. Il t'adorait, et tu lui apportais tant de fierté, tant de bonheur, que je ne peux pas croire qu'il ait mis fin à ses jours. Longtemps, c'est vrai, j'ai blâmé Kostas. Mais, aujourd'hui, je suis certaine que ton père a eu un accident. Il refusait de soigner ses problèmes de vue, et je lui ai souvent répété de faire attention quand il partait en randonnée.

Quelque chose se déchirait dans la poitrine de Jace. Ses yeux le picotaient.

— Tu as été le grand amour de ton père, Jace, enchaîna-t-elle, et Dimitri était tout pour moi. Il aurait été aussi heureux que moi de te voir avec Eleanor. De savoir que tu as fini par trouver la femme idéale et que vous formez une famille unie, en attendant la prochaine génération.

Assise dans le sable face à la mer turquoise, Eleanor tentait de chasser son vague à l'âme. Quinze jours s'étaient écoulés depuis l'enterrement d'Iliana. Quinze journées très remplies, au cours desquelles elle avait finalisé tous les aspects de la passation de pouvoir, afin que Jace récupère le Pangalos en ordre. Au moins, cette débauche d'activité l'avait empêchée de se laisser aller à la détresse profonde contre laquelle elle luttait chaque nuit.

Perdre la vieille dame à laquelle elle s'était tendrement attachée se révélait d'autant plus difficile que sa mort correspondait à la fin officielle de son mariage : dans moins d'une heure, l'avocat de Jace viendrait lui faire signer l'acte de divorce. Elle quitterait le complexe – et la Grèce.

Incapable de profiter de la splendeur du paysage, elle se releva et se rendit tristement, une dernière fois, à son bureau. Elle avait envie de s'imprégner des lieux avant de leur dire au revoir, aussi éprouva-t-elle une légère irritation en discernant une silhouette dans la salle d'attente.

— Qui est-ce ? s'enquit-elle auprès de sa secrétaire. Il me restait un rendez-vous, aujourd'hui ?

— Euh…

La jeune femme devint vert pâle, et la porte s'ouvrit.

— Nous n'avions pas rendez-vous, mais je représente Zagorakis International, intervint Jace en venant se planter devant elle.

Eleanor sentit tout son sang refluer. Elle ne l'avait pas revu depuis l'enterrement, et elle aurait préféré quitter ce pays sans le recroiser. Son futur ex-mari accusait le choc du deuil : il avait le teint terne, des cernes sous les yeux. Mais, dans son costume gris clair et sa chemise en soie blanche, il était – comme toujours – à tomber par terre. Follement charismatique, irrésistible.

Reprenant ses esprits, elle lui décocha un regard furieux et lui fit signe d'entrer dans le bureau. Puis elle lui emboîta le pas, s'installa à sa longue table de travail et prit soin de ne pas croiser son regard. Elle avait le plus grand mal à contenir son émotion et elle attrapa son stylo d'un geste brutal.

— Bon. Donne-moi tes papiers, que je les signe, suggéra-t-elle d'un ton aussi neutre que possible.

En silence, il ouvrit sa serviette et en sortit deux

documents. Levant vers elle un regard indéchiffrable, il les déchira et lui tendit les morceaux.

Il s'agissait des deux contrats de mariage.

— Je ne comprends pas, dit-elle.

— Ah. J'espère que ce sera plus clair à la lecture de celui-ci, répondit-il en lui remettant un feuillet simple sur lequel elle ne discerna que quelques lignes.

Elle les lut. Puis elle les relut. Une troisième lecture ne changea rien au sens de ce qu'elle lisait.

— Mais... C'est une renonciation notariée ? lâcha-t-elle, incrédule, en le fixant droit dans les yeux.

— En effet.

— Par laquelle tu révoques tout droit sur le Pangalos en me confiant l'unique propriété de l'hôtel...

— Pour être tout à fait clair, précisa-t-il, j'y mets la condition que tu le rebaptises Eleanor.

Son cœur battait si fort et son sang circulait si vite dans ses veines qu'elle n'était pas certaine de comprendre.

— Mais cela n'a aucun sens, murmura-t-elle. Cet hôtel représente tout pour toi. Mon grand-père a contraint ton père à le lui vendre en l'escroquant sur ses parts...

Fronçant les sourcils, elle poursuivit d'un ton ferme :

— Je ne veux pas d'un hôtel entaché par tant de haine et de souffrances. Garde-le.

— Il ne représente rien pour moi, rétorqua-t-il avec force. Il n'y a qu'une chose, une personne qui m'intéresse en ce monde. C'est toi, *pouláki mou*.

— Non, dit-elle très bas, secouant la tête avec effroi. Ne fais pas ça, Jace...

C'était un jeu trop cruel. Elle ne pouvait lui permettre de lui briser le cœur une nouvelle fois.

— Tu me demandes de ne pas t'appeler mon petit oiseau ou de ne pas avoir besoin de toi ?

— Je... Je te demande de cesser de mentir, rien d'autre !

— Exactement, agréa-t-il. Rien d'autre. Tu ne m'as jamais rien demandé en ton nom. L'argent et notre contrat, c'était pour aider ton frère. Et moi, j'ai abusé de ta générosité.

Il prit quelque chose dans sa poche qu'il posa sur la table, sans cesser de la contempler. Il y avait de l'incertitude dans son regard. Du chagrin, aussi. C'était la première fois qu'elle trouvait tant d'émotions dans les yeux de Jace Zagorakis.

— Ouvre-la, pria-t-il.

Eleanor déglutit lentement en attrapant la petite boîte et en l'ouvrant. Aussitôt, elle poussa une exclamation : c'était un adorable petit moineau, au plumage admirablement sculpté dans un bois massif et exotique. La précision des détails était spectaculaire.

— Qu'il est beau ! souffla-t-elle.

— Tu te souviens de la tribu qui sculptait beaucoup d'animaux dans le bois, en Afrique ? Je leur ai commandé celui-ci pour toi. Le chef a dit que le moineau ne cherche pas à attirer l'attention, mais que l'homme sage sait voir la subtilité de ses couleurs profondes et apprécier son courage.

Jace se mordit la lèvre avant de poursuivre :

— Je ne suis pas un homme sage. Je suis le roi des imbéciles. J'ai ignoré ce que me disait mon cœur longtemps avant que nous arrivions à Paris.

Bouche bée, Eleanor le contempla, gardant l'oiseau au creux de sa paume.

— J'avais quinze ans quand j'ai juré à mon père de récupérer ses parts de l'hôtel et de prendre soin de ma mère.

— Jace, le Pangalos est à toi, coupa-t-elle, et tu…

— Tu ne comprends donc pas ? Je n'en veux pas. Ce que je veux, Eleanor, c'est que tu demeures ma femme jusqu'à ce que la mort nous sépare.

— Pourquoi ? insista-t-elle. Nous avons fait en sorte

que ta mère quitte ce monde heureuse, et désormais je ne vois aucune raison de…

— Tu n'en vois pas ? interrompit-il. En voici une.

Avant qu'elle n'ait eu le temps de comprendre ce qui se passait, il se leva et se pencha au-dessus du bureau pour glisser une main sur sa nuque et l'embrasser.

La surprise, le désir qu'elle refoulait depuis des semaines, la frustration, les nerfs qui craquaient ? Elle n'aurait su dire quelle force mystérieuse l'amena à répondre avec ferveur à son baiser. C'était si bon de sentir sa bouche chaude et affamée, si exquis de se perdre dans cet élan aussi fou qu'enfiévré…

Lorsqu'il s'écarta, il plongea son regard incandescent dans le sien et murmura :

— Je t'aime.

Des larmes lui montèrent aux yeux, irrépressibles, et il lui fallut quelques secondes pour être capable de balbutier.

— Avant… J'aurais donné n'importe quoi pour t'entendre me dire ces mots-là.

En Angleterre, à Paris. Du temps où, dans toute sa candeur et sa spontanéité, elle les lui disait elle-même.

— Avant ? répéta-t-il avec effroi. Tu refuses que je t'offre mon cœur maintenant, même si c'est pour toute la vie ?

— Je… Je voudrais que ce soit vrai, souffla-t-elle dans un filet de voix étranglé par ses sanglots.

— Oh ! Eleanor, je vais devoir regagner ta confiance, c'est évident, mais je t'en prie, crois-moi : je t'aime. Je t'aime comme je ne croyais pas qu'il soit possible d'aimer quelqu'un.

Éblouie par cet aveu, elle fit le tour du bureau et le fixa longuement dans les yeux.

— J'ai fait une croix sur l'amour quand Katerina m'a repoussé, avoua-t-il. Quand je t'ai rencontrée, quand tu m'as offert ton cœur, j'ai refusé de regarder le mien. J'ai nié tout ce que j'éprouvais pour toi. Mais, chaque fois que nous avons fait l'amour, je te disais avec mon corps ce que mon cerveau retenait. Et ces dernières semaines, Eleanor, j'ai enfin compris que ma vie n'a aucun sens quand tu n'es pas là. S'il te plaît… Tu veux bien m'accorder une autre chance ? Je te promets de t'aimer de toute mon âme chaque jour de notre vie, d'être à toi pour toujours.

— Oh ! Jace !

Elle s'accrocha à son cou et laissa le bonheur la submerger.

— Je n'ai jamais cessé de t'aimer, murmura-t-elle en versant des larmes de joie.

— Je te demande pardon de t'avoir blessée, dit-il en la serrant si fort dans ses bras qu'elle cessa de respirer.

Mais elle sentait son cœur palpiter tout contre le sien, à la même cadence infernale, et l'ivresse de le retrouver l'inondait d'allégresse. Durant un long moment, ils restèrent enlacés, à échanger des baisers et à rire, jusqu'à ce que leur étreinte s'embrase.

— Tu crois qu'il est envisageable que je te fasse l'amour dans un futur proche ? demanda-t-il en la couvant d'un regard incandescent.

Eleanor sourit.

— J'ai hâte de l'inaugurer, ce futur.

— Alors il commence tout de suite, ma chérie.

Épilogue

La montgolfière s'éleva doucement dans le ciel bleu, au-dessus des fascinantes falaises des Météores et de leurs monastères. Au sommet des rocs, les caps enneigés scintillaient sous les rayons du soleil.

Eleanor éteignit le brûleur et se tourna vers Jace.

— Je suis heureuse que tu aies accepté de venir. C'est à couper le souffle, n'est-ce pas ? Et j'ai l'impression que tu résistes de mieux en mieux au vertige.

— Parce que j'ai confiance en mon pilote, répondit-il.

Elle sentit la joie emplir son cœur.

— Et moi, je n'ai qu'à me féliciter de t'avoir choisi comme copilote.

— J'espère qu'il en sera ainsi encore longtemps, murmura-t-il d'un ton grave en s'agenouillant devant elle et en ouvrant un écrin de velours noir.

Émerveillée, Eleanor baissa les yeux sur une bague de fiançailles ravissante : un saphir bleu serti de minuscules diamants qui scintillaient comme la neige des Météores sur un anneau d'or pur.

Le bijou était tellement élégant qu'elle en eut les larmes aux yeux.

— Mais, Jace, tu m'as déjà offert une bague de fiançailles, dit-elle en se reprochant aussitôt de ne pas porter l'énorme solitaire.

— À l'époque, je croyais t'impressionner en t'offrant

une bague très clinquante et hors de prix, et j'ai pensé que tu préférerais celle-ci, dit-il en la glissant à son annulaire, devant son alliance.

Transparent comme un ciel d'azur, le saphir se mit à briller.

— Oh ! il est parfait… Merci ! s'exclama-t-elle en se jetant à son cou.

Elle hésita un instant avant d'enchaîner :

— Tu serais d'accord pour que nous mettions le diamant aux enchères, au bénéfice de l'association des enfants atteints de scoliose ? Une partie des dons sert à proposer des divertissements aux malades, comme lorsque j'ai proposé d'animer une journée de découverte de la montgolfière.

Jace sourit et déposa un baiser sur le bout de son nez.

— Bien sûr. C'est une excellente idée. Et, à propos de grands événements, que dirais-tu d'une petite cérémonie pour nous deux ? J'aimerais que nous invitions nos amis pour notre mariage religieux.

Jace n'oubliait jamais ce qui comptait pour elle… Il avait soigneusement enregistré cette information ! Attendrie par cette attention, elle hocha vigoureusement la tête.

— Oh oui ! Cette fois, mon frère pourra venir, et il emmènera certainement sa nouvelle fiancée. J'ai hâte de rencontrer Joanne. Mark semble parfaitement rétabli et heureux d'élever des chevaux en Irlande.

Avec un froncement de sourcils, elle ajouta :

— Ce serait aussi l'occasion de comprendre ce qui se passe du côté de ma sœur… J'ai l'impression que Lissa est malheureuse, ces temps-ci. Quand je lui ai annoncé que j'avais déverrouillé l'accès à ses fonds et qu'elle y avait pleinement accès, elle a fondu en larmes. Tu inviteras Takis ?

Jace acquiesça.

— Je suis contente que nous lui ayons vendu l'hôtel, reprit-elle avec entrain. C'est un nouveau départ pour toi et moi.

— Oui, mais tu ne m'as toujours pas dit si tu acceptais le poste que je te propose à la direction de Zagorakis International, rappela-t-il.

Eleanor était très fière que son mari lui offre un poste à hautes responsabilités, à la tête de l'événementiel de son groupe. Elle était heureuse de tourner la page de sa carrière dans l'hôtellerie et d'emprunter sa propre voie.

— J'ai très envie de travailler avec toi, et je suis impatiente de te soumettre un premier plan d'action, confirma-t-elle. Mais, si tu veux que je commence avant de prendre un congé, il faudra faire vite. Même chose pour notre mariage : je ne rentrerai pas encore longtemps dans ma robe.

Durant un instant, Jace la dévisagea sans comprendre. Soudain, la joie illumina son regard et il demanda d'une voix émue :

— Tu… Tu es enceinte ?

— Oui !

— *Theos* !

— Tu es heureux, n'est-ce pas ? demanda-t-elle, légèrement inquiète.

— Oh ! mon ange, comment peux-tu en douter ?

Il prit sa main dans la sienne, se tourna vers l'infini du ciel où ils volaient, et cria :

— Je suis l'homme le plus heureux du monde !

Cinq mois et demi plus tard, Eleanor donnait naissance à une petite fille en pleine santé. Jace l'accompagna durant l'accouchement et versa des larmes de joie lorsque la sage-femme déposa le nourrisson dans ses bras.

Assis sur le rebord du lit de la maternité, il se pencha tendrement à l'oreille d'Eleanor pour murmurer :

— Je t'adore. Et j'adore notre bébé. Nous sommes une famille, maintenant.

— Moi aussi, je t'aime, répondit-elle en souriant. Mais cette petite a besoin d'un nom, tu ne crois pas ?

— Ton deuxième prénom est Rose. Le deuxième prénom de ma mère était Acacia. Que dirais-tu de la baptiser Acacia Rose ?

— Oh oui ! Je trouve que c'est parfait.

Jace contempla l'irrésistible petit visage tout chiffonné de son enfant et sentit son cœur de père fondre d'amour.

— Notre fille est aussi belle que sa mère, murmura-t-il fièrement.

Il débordait de gratitude. Une famille, et l'avenir qui leur souriait.

— Moi aussi, je trouve que c'est parfait.

Vous avez aimé *Trahie par son fiancé* ?
Découvrez un nouveau roman de Chantelle Shaw
dès le mois de juin dans votre collection Azur !

Retrouvez prochainement, dans votre collection

AZUR

Le bébé de l'émir, de Lynne Graham - N°4466

Comment Tatiana en est-elle arrivée là ? Parce que sa cousine a fui ses noces arrangées avec le prince Saif Basara, voilà qu'elle la remplace devant l'autel, au côté de ce parfait inconnu ! Pire encore, alors qu'elle voudrait haïr son nouvel époux, qui a accepté cette substitution sans s'émouvoir, Tatiana est irrésistiblement attirée par Saif. Et c'est à l'occasion de leur lune de miel royale que leurs destins se trouvent liés à jamais, de la plus tendre façon qui soit…

Liaison avec un Grec, d'Annie West - N°4467

Passer un mois sur le yacht luxueux de Strato Doukas, le sulfureux milliardaire grec ? Un mois de plaisir sans engagement… Pour Cora l'offre est aussi scandaleuse que tentante. Alors qu'elle sait devoir garder ses distances avec l'homme d'affaires dont la réputation de play-boy n'est plus à faire, elle éprouve pour lui un désir irrésistible et y cède avec délice. Mais à jouer avec le feu il arrive qu'on se brûle. Et bientôt Cora comprend qu'elle a commis deux erreurs fatales en tombant enceinte et amoureuse de son amant…

Le fils de Nikos Manolas, de Michelle Smart - N°4468

Marisa est sous le choc. Face à elle se dresse Nikos Manolas, son fiancé qu'elle croyait mort. Et dire que pendant dix-huit mois elle l'a pleuré jour et nuit sans jamais réussir à faire son deuil. Elle a porté son enfant, lui a donné naissance en se jurant de l'aimer pour deux ! Or, pendant tout ce temps, Nikos était vivant ? Un flot d'émotions la submerge : le doute, le soulagement, puis la fureur à l'idée qu'il ait pu l'abandonner… Pourquoi Nikos l'a-t-il trahie de la sorte ? Et pourquoi, après avoir simulé sa propre mort, est-il de retour ?

Ce jeu irrésistible, de Jadesola James - N°4469

Résolue à trouver des mécènes pour sa fondation destinée aux jeunes défavorisés, Kitty n'hésite pas à s'incruster dans le très chic gala de l'année, celui qui rassemble le gratin new-yorkais. Hélas, alors qu'elle voudrait passer pour une femme d'affaires accomplie, voilà qu'elle est reconnue par Laurence Stone, un homme qui lui rappelle sa jeunesse tourmentée et ce passé qu'elle a fui avec tant d'empressement. Plus incroyable encore : loin de la chasser de la soirée, celui-ci lui propose de se mêler aux riches convives… en tant que sa prétendue fiancée !

L'épouse oubliée d'un Sicilien, de Caitlin Crews - N°4470

Ténébreux et menaçant. Voilà à quoi ressemble Cenzo Falcone, l'homme que Josselyn a accepté d'épouser à la demande de son père. Alors qu'elle espère voir leur union de convenance évoluer avec le temps, elle est saisie d'effroi en découvrant la vérité sur son nouvel époux. Cenzo, qu'elle a suivi dans son château sicilien, n'a qu'un seul but : se venger de la famille de Josselyn à travers elle. Mais, lorsque Cenzo perd la mémoire à la suite d'une chute vertigineuse, Josselyn se retrouve face à un homme bien plus séduisant – et qu'elle pourrait aimer…

Le secret de Provence, de Rebecca Winters - N°4471

Avant de pouvoir adopter son neveu, Nathalie entreprend de retrouver le père du bébé. Et c'est en Provence que sa quête la mène bientôt. Ravie d'avoir déniché un travail saisonnier sur le vignoble de Fontesquieu, elle profite de ce joyau de la Côte d'Azur, où se dessinent collines verdoyantes et vignes surplombant le bleu de la Méditerranée. Dans ce cadre enchanteur, elle succombe bientôt au charme de Dominique, le maître des lieux et son nouveau patron. Une attirance à laquelle elle tente pourtant de résister, car Dominique pourrait bien être l'homme qu'elle recherche…

Mariage avec un patron, de Maya Blake - N°4472

Avocat spécialisé dans le divorce, Christos Drakakis ne croit pas en l'amour. Il est plutôt du genre à multiplier les conquêtes sans se soucier du lendemain. Cependant, pour hériter de l'île privée de sa famille, il n'hésite pas à demander à Alexis, sa parfaite assistante, de l'épouser ! Mais, quand arrivés en Grèce tous deux doivent jouer la comédie du mariage devant un public avide de romantisme, les voilà bientôt pris au jeu du désir et des sentiments…

La capitaine captive, de Marcella Bell - N°4473

SÉRIE : *GARDE ROYALE* - 2/3

Capitaine de la garde royale de Cyrano, Helene d'Tierrza n'a peur de rien ni de personne. Pourtant, le jour où elle est enlevée par Drake Andros, « Le Loup des mers », elle est saisie d'effroi. Non pas qu'elle craigne d'être la captive de cet homme redoutable mais plutôt de succomber au désir qu'il éveille aussitôt en elle ! Alors qu'elle tente de recouvrer son sang-froid, Drake lui révèle qu'elle sera l'objet de sa vengeance : si Helene veut recouvrer sa liberté et racheter les torts que sa famille a causés à celle de Drake, elle devra l'épouser et lui donner un héritier !

Une irrésistible assistante,
de Cathy Williams - N°4474

SÉRIE : *LE MYSTÈRE DES STOWE* - 3/3

Devenir la maîtresse de son patron ne figurait pas sur la *to-do list* d'Ellie ! Hélas, alors qu'elle a toujours été une assistante efficace et discrète, elle a perdu l'esprit durant ce voyage d'affaires à la Barbade, en compagnie de James Stowe, l'homme qu'elle aime en secret… Mais le pire reste à venir : alors qu'elle voudrait pouvoir oublier cette liaison éphémère, leur histoire est révélée au grand jour, les projetant tous deux dans un retentissant scandale…

Deux héritiers pour un cheikh,
de Clare Connelly - N°4475

Pour accéder au trône, le cheikh Khalil doit se marier avant son trentième anniversaire. Rien qui l'empêche de succomber d'abord au désir que lui inspire la belle India, rencontrée lors d'une soirée. Seulement, lorsque sa maîtresse d'une nuit lui révèle peu après qu'elle attend des jumeaux de lui, Khalil est forcé de revoir ses plans. En homme d'honneur et pour préserver sa couronne et ses héritiers, il demande à India de l'épouser…

L'étreinte interdite, d'Anne Mather - N°4476

La comédie qu'est devenue sa vie doit prendre fin, Grace le comprend le soir où elle fait la connaissance de Jack Connolly. Car, face au séduisant milliardaire, prétendre être en couple avec Sean Nesbitt, un homme odieux qu'elle déteste, se révèle être un véritable supplice. Or Grace n'a pas le choix : un seul faux pas de sa part et la fortune de sa famille, que Sean a sournoisement accaparée, risque de disparaître à jamais. Alors, quand Jack lui demande de l'accompagner visiter un cottage qu'il envisage d'acheter, Grace hésite. Elle devrait refuser, elle le sait. Mais elle lit dans le regard de Jack la promesse d'un plaisir qu'elle n'a encore jamais connu, et l'attrait de l'interdit lui semble tout à coup absolument irrésistible…